这是我们时代的逻辑,
不朽的诗歌没有主语——
怀揣真挚梦想的我们
守着坏的,提防着更糟糕的。

It is the logic of our times,
No subject for immortal verse -
That we who lived by honest dreams
Defend the bad against the worse.

桂冠诗人诗选

尼古拉斯·布莱克 桂冠推理全集

The Morning After Death

死后黎明

尼古拉斯·布莱克——著
刘苏周——译

上海文艺出版社
上海故事会文化传媒有限公司

尼古拉斯·布莱克桂冠推理全集（全16册）
编委会

总策划：夏一鸣
主　编：黄禄善
副主编：陶云韫

编辑成员

（按姓氏笔画为序排列）

丁娴瑶　王　琦　田　芳　吕　佳　朱　虹　孟文玉

赵媛佳　夏一鸣　陶云韫　黄禄善　曹晴雯　彭元凯

名家导读

提起英国黄金时代侦探小说的代表性作家，很多人马上就会想到阿加莎·克里斯蒂（Agatha Christie, 1890-1976）。确实，这位昔时光顾伦敦侦探俱乐部的"常客"，自出道以来，累计创作悬疑探案小说81部，总销售量近20亿册，是地地道道的"侦探小说女王"。不过，在当时的英国，还有一位男性侦探小说家，其创作才能一点也不亚于阿加莎·克里斯蒂，只不过他的身份比较显赫，甚至有点令人生畏。尼古拉斯·布莱克（Nicholas Blake, 1904-1972），这个生于爱尔兰、长于伦敦、后来活跃在诗坛的"怪才"，不但拥有牛津大学和哈佛大学教授、英国桂冠诗人、大不列颠功勋骑士、战时宣传口掌门、左翼社会活动家等多种显赫身份，还在出版大量彪炳史册的诗歌集、论文集、译著的同时，客串侦探小说创作，成就十分突出。说来让人难以置信，他创作侦探小说的原因竟然是囊中羞涩，无法支付居住已久的房屋的维修费。在给自己的诗友、同为桂冠诗人的斯蒂芬·斯潘德（Stephen Spender, 1909-

1995）的信中，他坦言，因为担心失业，一直想写些可以盈利的书。于是，一套以"奈杰尔·斯特雷奇威"（Nigel Strangeways）为业余侦探主角的悬疑探案小说诞生了。

该套小说共计16部，始于1935年的《罪证疑云》（*A Question of Proof*），终于1966年的《死后黎明》（*The Morning after Death*），陆续问世后，均引起轰动，一版再版，畅销不衰，并被译成多种文字，风靡欧美多地。直至今天，这套作品依然作为西方犯罪小说的经典被顶礼膜拜。《纽约时报》《泰晤士报文学增刊》《每日电讯》等数十家报刊连篇累牍地发表评论，称赞这套小说是西方侦探小说的"杰作"，"值得倾力推荐"。知名小说家伊丽莎白·鲍恩（Elizabeth Bowen）说，尼古拉斯·布莱克"拥有构筑谜案小说的非凡能力"，"在英国侦探小说史上独树一帜"。当代著名评论家尼尔·奈伦（Neil Nyren）也说，尼古拉斯·布莱克不愧为"神秘小说大师"，"在西方侦探小说从通俗到主流的文学转型中起着重要作用"。[①]

人们之所以热捧尼古拉斯·布莱克，首先在于这套悬疑探案小说构筑了16个扑朔迷离的故事情节。尼古拉斯·布莱克熟谙黄金时代侦探小说的各种创作模式，在他的笔下，既有引导读者亦步亦趋的"谜踪"，又有适时向读者交代的"公平游戏原则"；既有转移读者注意力的"红鲱鱼"，又有展示不可能犯罪的"封闭场所谋杀"。而且，一切结合得十分自然，不留任何痕迹。譬如，该系列的第二部小说《死亡之壳》（*Thou*

---

① Neil Nyren. "Nicholas Blake: A Crime Reader's Guide to the Classics", https://crimereads.com, January 18, 2019.

Shell of Death），功勋飞行员费格斯不断收到匿名威胁信，断言他将在节日当天毙命。以防万一，费格斯请来了破案高手奈杰尔·斯特雷奇威。然而，劫数难逃，在节日家宴后，费格斯还是神秘死亡。凶手究竟是谁？为何要选择节日当天谋杀他？谋杀动机又是什么？种种线索指向参加节日家宴的、有可能从谋杀中获益的一些嘉宾，其中包括富有传奇色彩的女探险家乔治娅·卡文迪什，她与费格斯来往甚密。与此同时，奈杰尔·斯特雷奇威也开始调查死者费格斯鲜为人知的过去。又如该系列的第四部小说《禽兽该死》(The Beast Must Die)，故事以侦探小说家弗兰克的日记开头，讲述他6岁的儿子突遇车祸，肇事司机逃逸，由此他悲愤交加，展开了追查禽兽的历程。故事最后，复仇者锁定嫌疑人，并潜入嫌疑人家中，准备实施谋杀。然而，当东窗事发，弗兰克却坚称自己无罪。事情真相究竟如何？弗兰克是有罪，还是无罪？奈杰尔·斯特雷奇威依据严密的推理，做出了出乎众人意料的判断。再如该系列的第14部小说《夺命蠕虫》(The Worm of Death)，开篇即以死者之口预告了自身的死亡，设置了"自杀还是谋杀"的悬念。死者名为皮尔斯·劳登，是一个医学博士，他的尸体突然出现在泰晤士河中，全身只穿有一件粗花呢大衣，手腕处还有数道相同的刀伤。奈杰尔·斯特雷奇威奉命介入调查，似乎所有家庭成员都对死者抱有敌意，所有人都有强烈的作案动机，包括深受博士喜爱的养子格雷厄姆，次子哈罗德，还有小女儿瑞贝卡——死者曾坚决反对她与艺术家男友的婚恋。随着调查深入，家中发生的又一起死亡事件陡然加剧了紧张局势。恶意谋杀仍在继续，奈杰尔·斯特雷奇威不得不加快脚步。与此同时，他也在一艘腐烂的驳船上发现了令人毛骨悚然的事实真相。

不过，尼古拉斯·布莱克毕竟是驰骋在诗坛多年的"桂冠诗人"，他在构筑上述扑朔迷离的故事情节的同时，还有意无意地融入了许多纯文学技巧。故事行文优美，引语典故不断，清新、优雅的风韵中又不乏幽默，尤其是在刻画人物的心理和展示作品的主题方面狠下功夫。一方面，《酿造厄运》(There's Trouble Brewing)通过一家酿酒厂里的奇异命案，展现了资本家的贪婪、人性的扭曲和底层劳动者的苦苦挣扎；另一方面，《深谷谜云》(The Dreadful Hollow)又通过偏僻山村一系列匪夷所思的恐怖事件，展示了一幅幅极其丑陋的贪婪、嫉恨、复仇的图画；与此同时，《雪藏祸心》(The Corpse in the Snowman)还通过侦破豪华庄园一起诡异的"闹鬼"事件，反映了二战期间英国毒品的泛滥和上流社会的骄奢淫逸、人性丑陋。最值得一提的是《游轮魅影》(The Widow's Cruise)，该书的故事场景设置在希腊半岛东部的爱琴海上，与阿加莎·克里斯蒂的《尼罗河上的惨案》有异曲同工之妙，两者均通过游轮上一起离奇古怪的命案，揭示了人性的弱点与步入歧途的道德激情。

一般认为，尼古拉斯·布莱克对英国黄金时代侦探小说的最大贡献是塑造了栩栩如生的学者型业余侦探奈杰尔·斯特雷奇威这个人物形象。在他的身上，几乎汇集了之前所有业余侦探的人物特征。他既像吉·基·切斯特顿(G. K. Chesterton, 1874-1936)笔下的"布朗神父"，善于同邪恶打交道，洞悉罪犯的犯罪心理；又像阿加莎·克里斯蒂笔下的"前比利时警官波洛"，在与人的交往中十分随和，富有人情味；还像多萝西·塞耶斯(Dorothy Sayers, 1893-1957)笔下的"彼得·温西勋爵",风度翩翩,敏感、睿智、耿直的外表下蕴藏着几丝柔情。然而,比这些更重要的是,他还像尼古拉斯·布莱克及其几个诗友,温文尔雅,具有牛津大学教育背景,是个学者,以中古时期英格兰和苏格兰诗歌为研究对象,出版有多部相关专著,断案时喜欢"引经据典"。每每,他卷入这样那样的复杂疑案调查,或受朋友之嘱、亲属之托,如《罪证疑云》《雪藏祸心》;或直接听命于警官,如《饰盒之谜》(*The Smiler with the Knife*)、《谋杀笔记》(*Minute for Murder*);或路见不平,拔刀相助,如《暗夜无声》(*The Whisper in the Gloom*)、《游轮魅影》。

如此种种不凡的作者自身形象和人生轨迹,还屡见于小说的场景设置和其他人物塑造。譬如《亡者归来》(*Head of a Traveler*)和《诡异篇章》(*End of Chapter*),两部小说均设置了文学领域的疑案场景,而且案情也以"诗歌"为重头戏。前者描述奈杰尔·斯特雷奇威敬仰的大诗人罗伯特·西顿的美丽庄园发生的无头尸案,其人物原型正是尼古拉斯·布莱克昔时崇拜的偶像威·休·奥登(W. H. Auden, 1907-1973);而后者聚焦某出版公司编辑的一部书稿,许多细节描写来自尼古拉斯·布莱克二战期间担任国家宣传口负责人的经历。又如《罪证疑云》和《死后黎明》,两部小说也都以尼古拉斯·布莱克熟悉的校园生活为场景,案情分别涉及英国的一所预备学校和一所以哈佛大学为原型的卡伯特大学,其中,前者的嫌疑人迈克尔·埃文斯的不幸遭遇,与尼古拉斯·布莱克早年在中学从教的经历不无相似。他被指控谋杀了校长的侄子,还与校长的年轻妻子有染。正是这些原汁原味、源于生活又高于生活的描写，使它们被誉为"校园谜案小说的经典"。

自20世纪30年代起，尼古拉斯·布莱克的这套悬疑探案小说被陆续改编成电影、电视和广播剧，有的还被改编多次，如《禽兽该死》，其中包括1952年阿根廷版同名电影和1969年法国版同名电影，后者由克劳德·夏布洛尔（Claude Chabrol, 1930-2010）任导演。出演奈杰尔·斯特雷奇威一角的则分别有格林·休斯顿（Glyn Houston, 1925-2019）、伯纳德·霍斯法（Bernard Horsfall, 1930-2013）和菲利普·弗兰克（Philip Franks, 1956- ）。2018年，迪士尼公司宣布将依据《暗夜无声》改编的电影《知道太多的孩子》列为常年保留剧目。2004年，BBC公司又再次宣布将《罪证疑云》和《禽兽该死》改编成广播剧，导演为迈克尔·贝克威尔（Michael Bakewell）。甚至到了2021年，英国的新流媒体BriBox和美国的AMC还宣布再次将《禽兽该死》改编成电视连续剧，由知名演员比利·霍尔（Billy Howle, 1989- ）出演奈杰尔·斯特雷奇威。

在我国，由于种种原因，尼古拉斯·布莱克的这套悬疑探案小说一直未能译成中文，同广大读者见面，但学界、翻译界、出版界呼声不断。2021年5月，尼古拉斯·布莱克逝世50周年纪念之际，上海故事会文化传媒有限公司的夏一鸣先生慧眼识珠，开始组织精干人马，翻译、出版这套小说。经过一年多的准备和努力，这套图书终于面世。尽管是名家名篇、精编精译，缺点仍在所难免，敬请广大读者不吝指正。

黄禄善

奈杰尔侦探小传

奈杰尔·斯特雷奇威,是推理大师尼古拉斯·布莱克小说中虚构的一位私人侦探。在1935年至1966年间,作为重要角色出现在16部尼古拉斯的小说中。

奈杰尔年轻俊朗,不拘小节,常以苍白凌乱的形象示人。他是智商超群的学霸,却因性格过于叛逆被牛津大学开除。他性格幽默,行动力超强,气质温文尔雅。稚气面容与老道头脑形成戏剧化的反差。奈杰尔周身散发出儒雅的学者气息,在调查过程中,他喜欢借角色之口,引经据典,让人不知不觉靠近他,信任他,将案子交到他的手中。

在系列小说中,奈杰尔的情感故事同样精彩,他的妻子乔治娅是一名探险家,不幸死于闪电战。之后,奈杰尔又邂逅了雕塑家克莱尔。在奈杰尔生命中出现的两位女性,都是具备智慧、勇气、思想的"独立女性",在古典推理小说中难得一见。

在侦探小说的王国中,奈杰尔这样的侦探形象,可谓独一无二。

人物关系

查尔斯·雷利： 爱尔兰诗人，卡伯特大学特聘驻校诗人

苏珊娜·泰特（昵称苏姬）： 美国女青年，卡伯特大学女子学院文学研究生

约翰·泰特： 苏姬的弟弟，卡伯特大学霍桑学院学生

约西亚·阿尔伯格： 阿尔伯格家族长子，卡伯特大学古典文学教授

切斯特·阿尔伯格： 阿尔伯格家族次子，卡伯特大学商学院助理高级教师

马克·阿尔伯格： 阿尔伯格家族幼子，卡伯特大学霍桑学院英语系教师

梅·爱德华兹： 卡伯特大学霍桑学院院长夫人

依西杰·爱德华兹： 卡伯特大学霍桑学院院长
布雷迪： 当地警督
奈杰尔·斯特雷奇威： 英国学者，卡伯特大学霍桑学院特聘研究员

目 录

第一章 "我们可以等"………………… 1

第二章 蟑螂和十字军战士………………18

第三章 诡异的寻宝…………………………34

第四章 你最后一次见到你兄弟是什么时候?
……………………………51

第五章 "只有严实的嘴才能分辩"…………67

第六章 失踪的剽窃者………………………84

第七章 好色的诗人…………………………99

第八章　叠加的红头发…………………… 116

第九章　"我脑海中的葬礼"……………… 133

第十章　供认和勒索………………………… 151

第十一章　杯子和嘴唇…………………… 168

第十二章　"昨天是神秘的"……………… 184

第十三章　"达那厄在一座铜塔中"……… 204

第十四章　摊牌…………………………… 225

第十五章　冲冲冲！……………………… 234

第一章

"我们可以等"

❦

他们开车进城时,奈杰尔看着头顶上的一个巨大标牌问道:"'没有车站'究竟是什么意思?"

"就是一个没有火车、没有站台、不需要进进出出的车站,"坐在车后排座的查尔斯·雷利说道,"一个完全非美式的无效标识。"

"而且连声鸟叫都没有。"苏姬忙不迭地补充道。

正在开车的切斯特·阿尔伯格瞥了奈杰尔一眼,说道:"这是'北站'的缩写而已。"

雷利哼了一声:"这下你懂了吧,他把所有的秘密都泄露了!无论如何,你要是这么解释的话,为什么不在'北方'这个词后面加个圆点呢?我记得你们美国人在所谓的谈话过程中,都会无聊地给每一个 I 后面加个圆点的。不过,你们省这一个点,不会是为了……"

"他又借题发挥了。"苏姬叹息道。

"我们聘你做驻校诗人,聘期多久啊?"切斯特的弟弟马克问雷利。

"我会在这里待一整学年,一天都不少,你不会吃亏的。"

"我的上帝!"马克斜靠在苏姬身上,戳了戳这位上了年纪的爱尔兰诗人,"你咋不去做弥撒呢?"

"我做了啊,而且我乐在其中。你这个充满罪恶感的超验主义者、没有宗教派别的清教徒,我才是被主选中的人。"

"你话好多啊,"苏姬说道,"亲爱的查尔斯,我们带斯特雷奇威先生来这里是看风景的,可不是让他来听你说那些稀奇古怪的爱尔兰闲话的。"

"接下来三十英里[①]没啥可看的,只有一些装修成南塔克特捕鲸船样式的餐馆、比萨饼店、加油站和通宵甜甜圈店。要是你能在这一大片的广告中找到一丁点儿好看的东西,那可就太好啦!我也不指望你能找到什么罪恶的东西——那对你的要求就太高了,因为有灵魂的人才能犯罪,而在这个男人的国度里,没有灵魂生长的迹象。"

"你们这些天主教徒成天把什么'罪'不'罪'的挂在嘴边,是你们发明的吗?申请专利了吗?"马克抗议道,"我们这里对待这个

[①] 英里:英制长度单位,1 英里 =5280 英尺 =63360 英寸 =1609.344 米。

问题可是很严肃的。"

"我们当中有些人会认真对待的。"他的哥哥说道。奈杰尔注意到，车里的气氛有点僵，这时好像有几个人想改变谈话内容，但都还没想到该怎么说。后排座上，苏姬正拉着马克的手。

"我不敢苟同。"奈杰尔立刻说道。

"苟同什么？"切斯特问道。

奈杰尔一直沉默地观察着周遭的一切，他适才注意到一家殡仪馆的墙上印着一行大字：

小心驾驶，我们可以等。

"你不能苟同什么？"切斯特有些困惑地问。

"小心驾驶，我们可以等。"奈杰尔故意用邪恶的音调读道。很遗憾，事与愿违，就在这条禁令下面，切斯特猛打方向盘，差一点撞上一辆正从他们的左边车道驶过的凯迪拉克轿车。

"切斯——特！"苏姬喊道。

"对不起。你刚才说什么啦？"

奈杰尔解释说，他刚才引述了殡仪馆的标语。

"哦，你了解多少呢？我都在这条路上开了上百回了，也从来没注意过这个。"切斯特的声音不大，不过，他握在方向盘上的双手却显得苍白，"听着有点意思。我明白你的意思了，斯特雷奇威先生，你是暗示这一带还是有一些有趣的风景的。你现在向右看，就能看到海军造船厂的景色。再往前开一点……"

切斯特·阿尔伯格再次掌控全局。在新英格兰秋季明亮的蓝天下,他正以每小时五十英里的精确限速高效地驾驶着车辆。奈杰尔则沉浸在舒适之中:在一个陌生的国家里,坐着别人的车子,可以暂时把家里的一切责任抛开。这种犹如胎儿身处子宫一般的感觉非常令人愉悦;更重要的是这个子宫还是透明的,他可以看到外面发生了什么,又不必与它进行真正的接触。至于眼前这些同伴们也是如此,他们都以自己的方式友善地对待他,而他可以享受这些人的友善,却不需要与他们交往:切斯特·阿尔伯格看起来显得有点无聊;查尔斯·雷利当然有时也会这样,他的心理年龄——和大多数诗人一样——似乎在九岁到九十岁之间剧烈波动;马克和他的未婚妻(苏姬是他的未婚妻吗?)倒是增添了不少乐子。没错儿,奈杰尔心里想,我很喜欢他们。

"这里的草永远不变绿吗?"雷利厌恶地盯着公路两侧巨石和针叶林中覆盖在大地上的死气沉沉的褐色东西,用他那都柏林式的腔调挖苦地问道,他的同伴们则予以回击。这倒也不错——乐意接受陌生人。当然,雷利从学期开始就在这里,而且逐渐适应了一切。

前不久,奈杰尔写信给他在牛津大学时的老熟人、如今是霍桑学院院长的依西杰·爱德华兹,立刻就得到了聘请回复。奈杰尔在信中表示,自己想在卡伯特大学的著名图书馆里做点研究。依西杰马上回函邀请他过来驻校做研究,还特地给他腾出了一间房子,可以想住多久就住多久。一周前,奈杰尔乘坐的航班落地,依西杰亲自在机场迎接,还向他引荐了这几位常驻教员。

切斯特·阿尔伯格是霍桑学院助理高级教师,在商学院任教;马克则在英语系任教,此外,这两兄弟还有一位尚未露面的同父异母大哥,也是本校的古典文学教授——他没有住在校内,在外面居住。

切斯特·阿尔伯格的家族和卡伯特大学有着很稳固的关系。这个家族的父亲——一位拥有巨额资产的金融家,正是该所大学的校友,霍桑学院就是他建造并赠送给卡伯特大学的。

被大家昵称为"苏姬"的苏珊娜·泰特,则是该校女子学院一名正在攻读博士学位的研究生,研究方向是艾米莉·狄金森。因此,今天下午考察的地点是阿默斯特[①]。

后排座上,马克和苏姬就总统选举问题正在进行友好的辩论。

"没错儿,LBJ将席卷全国。那又怎样?他是个政治家。他将尽全力消除种族隔离。"

"你大错特错了。在这一点上,他总是和肯尼迪站在一起。他会比肯尼迪走得更远,因为他是一位政治家,他能应付得了国会。"

"好吧,也许他可以,但你认为南方会被华盛顿的几次吹牛影响到吗?你瞅瞅华莱士那副拖拖拉拉的样子吧。"

"苏姬是想领导一队十字军进入阿拉巴马州,发动另一场内战吧。"切斯特说道。

"呸,胡说八道!我只想让州立法机构知道,如果他们继续像……

[①] 阿默斯特镇是美国传奇女诗人艾米丽·狄金森的出生地,也是她生活多年的地方。

像刚果的比利时奴隶司机那样行事的话,他们该从哪里下台。"

"这就是全部啊!"马克揶揄道,"不管怎么说,南方并不都是……"

"听着,马克,世界上还有哪个文明国家会允许像三K党这样的一群杀气腾腾的白痴恐吓人民,而且还让他们在完全失信后重新掌权呢?"

"孩子们,"查尔斯·雷利说道,"你们知道吗,这正是我喜欢美国的地方。你们对待政治的态度过于认真了,跟那些爱尔兰人似的。上帝保佑!我说的是普通的聪明人,而不是政客。因为对后者来说,这就是一个游戏,一个粗暴、艰难、复杂的游戏,就像诗人对诗歌的态度一样。"

"你这个观点倒很有趣,"切斯特一边观察着前方的路况,一边说道,"不过,难道你对待诗歌不认真吗?"

"哦,这不单单是个观点,这是真理。我能给你说说另一件事吗?"

"说吧。"马克说。

"我在夏洛茨维尔读书时,和一个小伙子聊过——那是一个善良、自由的南方人。哦,苏姬,那里的确有这种人。小伙子说,他和他的很多学生自认为是自由主义者,只不过他们的感受与他们对此的理解并不一致:他们从祖先那里继承了这一悠久的传统,生活在奴隶中间,然后解放了黑人。这是隔代遗传下来的。他们知道这是错误的,不合时宜的,但是,你懂的,他们控制不了自己,无法消除他们内心的矛盾。"

"不,不!"苏姬惊呼道,"这些我们都知道。但是,你难道想让我们彬彬有礼地等到南方将它的情绪与智慧调整一致吗?当人们在那里受私刑、挨轰炸、被当作尘埃一样对待时，也这么想吗？那里有一场战争——一场解放战争？或者说应该有一场战争，所有的战斗只能由另一方来完成。"

"让茅德·冈①来审判吧。"雷利低声说。

"别那么说，查尔斯。她简直是疯了，不是吗？我还得跟她结婚呢！"马克抗议道。

"这个女孩可了不起，马克，我的乖孩子。要是我像你这么年轻，再加上我这样的相貌，我早就把她从你身边偷走了。"

这家伙估计真会这么干，奈杰尔边想边扫视了雷利那一头的红发、红润的面庞、明亮的蓝眼睛和性感的嘴唇。奈杰尔还注意到，雷利对这场相当幼稚的政治交流做出了非常重要的贡献：凭借那份爱尔兰人的执着，他适应了奈杰尔所认定的美国对话基本规则——严肃也好轻浮也好，但两者决不能同时出现在同一段对话中。

"好了，我们到了，"马克说，"快到美国最伟大的女诗人的发祥地阿默斯特镇了。我好像记得它就在一排高高的树篱笆后面。"

"这是什么？"切斯特问道。

"这是发源地，你这个笨蛋，"苏姬笑着说道，"还说'小心驾驶，我们可以等'呢，你开得这么猛，那我们就不用等了。"

他们进入了这个山地小镇。在树木和斜坡上的草坪之间，散落着

---

① 茅德·冈（1866-1953）是爱尔兰女演员、爱国志士和女权运动者，新芬党创始人之一。

优雅的框架房屋。没过多会儿，马克就喊道："往左！在这里左转！"

切斯特已经开过了十字路口，急忙掉头，随即被一个骑摩托车跟在后面的警察拦了下来。警察把头伸进驾驶室窗户，一言不发地指了指路边的告示牌，上面写着"禁止掉头"的几个大字。

"非常抱歉，"切斯特说道，"哦，你不要给我开罚单了。真的非常抱歉，我没有看到告示牌。万分抱歉，你看，我开过十字路口了……"

警官绕着汽车慢慢地走了一圈，检查了车牌，然后给切斯特开了一张罚单。这个糟糕的程序结束后，马克问警察："麻烦你告诉我们一下，在这个遵纪守法的小镇上，伟大的美国女诗人艾米丽·狄金森的出生地在哪里？"

这个警察带着怀疑的目光看着他，可又想不出什么进一步指控他的正当理由，他只能用锐利的目光盯了一下马克，说："没听说过这个人。"

"瞧，都被这边的警察吓坏了。"雷利对着奈杰尔低声说道，"你听听，哪有人这么道歉的？"

"那是因为他们都是些没文化又爱乱放炮的爱尔兰人，"马克无意中听到了他的这番话后说道，"嘿，别焦虑了，切斯特。这种事情可能发生在任何人身上。快点吧，忘掉你的被迫害妄想症吧。"

"我没有被迫害妄想症，我就是被迫害了。这是两码事儿。"

"随你的便吧，兄弟。"

他们兜兜转转了一会儿后，马克找到了艾米丽·狄金森住过的那座房子。一群人沿着斜坡上的草坪朝房子走去。

"你确定那房子现在没人住吗？"切斯特忧心忡忡地问道，"我们可不想闯到别人家里去。"

"放心吧,"马克安慰道,"我们都是朝圣者。朝圣者应该受到特殊对待。"

"理应如此!"跑在前头的苏姬回头喊道。接着,她用清晰、柔和的声音唱了起来:

"就在今天,
对面的房子里发生了一起死亡事件。
我从麻木的眼神中知道
这些房子一直都这样。"

"唱歌之前能不能先看看你自己麻木的眼神?"

马克挨个儿拉了一楼的每一个窗户,最后得出的结论是:房子当然是空着的,而且锁得很牢。

"你们说,当年艾米丽和父母就生活在那扇门里面吗?"苏姬朝房子里看了看问道,"这里的一切看起来都干干净净、布置一新。有点冷冰冰的。"

"她栖居于自己的诗歌里,"马克温柔地说道,"你还记得吗?一个星期天,不管父亲说什么,她都拒绝去教堂。他们到处都找不到她,可当他们回来的时候,她却躺在地下室的摇椅上,晃着晃着睡着了。斯特雷奇威先生,你很了解她的作品,是吧?"

"在牛津大学时,她是我最喜欢的二十年代作家之一。"

"她是一位极为随性的女士。"查尔斯·雷利说,"也是一位病态的女士。她这个人从尸体中得到的快感比任何东西都多。而且她一点也不尊重上帝。'上帝在天上',真的是——粗鲁的小妇人。"

"哎,查尔斯!"苏姬抗议道。

"哦,她的辞藻很华丽,像个早熟的孩子,但她肯定算不上艺术家。"查尔斯坚持自己的观点。

苏姬眼里满是愤怒:"你这论调太可笑了。你知道她说了什么吗?'艺术是一座试图闹鬼的房子'。"

"她说过吗?她真的说过?"查尔斯陷入了沉思,"很好,这句话我喜欢,甚至可以说太好了。好吧,我再也不会说她坏话了。"

奈杰尔让大家坐在房子前面的台阶上拍张照。他透过取景器,看到画面里的四个人又小又清晰,衣着醒目。从左到右依次为:切斯特、马克、苏姬和查尔斯。切斯特脸庞洁净,身材小巧,一半脸带着试探性的微笑,另一半脸映衬在灰绿色的英国粗花呢中。马克是个大脸庞,身材也魁梧得多,只是不太洁净,他穿着灯芯绒裤子和蓝色运动夹克,圆脸上露出灿烂的笑容。苏姬身材匀称,灰色的眼睛、黑色的头发,上穿白色毛衣下着猩红裙子,让她活像一只红雀。查尔斯·雷利则撅着性感的双唇,随时要说一番俏皮话或吟诗一首似的。

"这张照片很有历史意义。"奈杰尔说,此时此刻他很高兴,全然不知这句话已然是一句谶语。

一行人来到阿默斯特公墓,找到了狄金森家族的坟冢。一些误入歧途的文化爱好者在坟冢周围的护栏上缠绕了一些人造的牵牛花。

马克见了直摇头:"你们看看这些个假花!真恶心!太粗俗了。这让人感到反感。要说艾米丽最不能容忍什么事,恐怕就是这些人造花了。"

苏姬倒没说什么废话,她直接将这些令人厌恶的人造花从护栏上扯了下来。

"哎,苏姬……"切斯特不安地环顾四周,"我认为你不应该扯下来,有亵渎亡灵之嫌。再说,这些花也不是你的。"

"切斯特,不要那么古板。这些花本身就是一种亵渎。难道不是吗,查尔斯?"

"既然那帮俗人有权把假花绑在这,那么,你也有权扯掉它们。"

"噢,漂亮!查尔斯说话越来越精辟了。"苏姬把一串假花缠绕在马克的脖子上,"现在我来扯掉它们,扔到那棵树下就行了。"她旋转着轻盈的身体朝奈杰尔走去:"你也同意吧?"

"我同意。"

她那双灰色的眼睛并不急于从他的脸上移开。马克则戴着那串假花消失在一棵紫杉树后面。

"那是艾米丽的父亲爱德华·狄金森的墓。爸爸在地下,可怜的爸爸。他是那么正直,真是一个好公民,只是完全没办法交流了。"苏姬解说道。

"和这世上所有父亲一样。"切斯特带着一丝悲伤的口吻说道。

"他只是想让他们所有人都待在家里——永生永世。"苏姬哀叹地说,"他们都在这儿,安稳地躺在雪花石膏墓穴里。要是他能想象到艾米丽从她那边的小房间里出来旅行……"

"不过，我认为她不可能……"切斯特接话。

"我说的是精神之旅，笨蛋。"

"我转了一圈，这里离公墓外围不远了。"刚刚返回的马克说。

"外围……取决于内部的大小。"苏姬像是在背定义。

"这倒提醒我了——我们到哪里吃饭，还得多久才能吃上饭啊？"雷利说道，"我的内心，我的心底在呼唤晚餐呢。"

"哎，查尔斯，没错儿！"

"你得学会读对我的名字，是查卢斯。"

"嗯，快到晚餐时间了。我们去北方佬商贩那儿吃吧，"切斯特说道，"味道棒极了。"

"没错儿，我们必须把查尔斯——查卢斯——带到一家真正的殖民地老客栈去见识一下。女服务员都穿着18世纪的清教徒服装，你可以喝点儿啤酒，她们还会为你上几道菜……"

"等一下，我的天使苏珊娜。"查尔斯打断了他的话，"稍等一下，让老年人插两句。从文明的角度来说，我可不稀罕那里的东西，我要的只是食物本身。就像你那位杰出诗人说的那样，美国人的膳食就是乱七八糟的胡吃海塞。"

马克抱怨了几句，而他的哥哥则在发呆。奈杰尔则发现苏姬的目光又粘上他了，是美国女人那种率直而坦白的眼神。

"爱尔兰人唯一能做的食物就是土豆和苏打面包。"切斯特发话了，他略显紧张地试图融入其他人的轻松氛围中。

"放心吧，到了那儿你会有东西吃的。"查尔斯平和地回应道。奈杰尔留意到，他们三人都带着内疚的心态对待切斯特，似乎因为他是一个外人，应该给予特别照顾似的。而切斯特本人也令人捉摸不透，比如他明显是一名好司机，可他在路上还是做了两件蠢事。切斯特·阿尔伯格是不是容易开车肇事？奈杰尔心生疑窦。几乎是不可能的，因为容易肇事的人在开车时会表现出来，哪怕看不到其他车辆，他们也会抢着换挡，猛踩刹车，做什么事都毫无章法……不过，毕竟是美国人，就是不拘一格的。到目前为止，奈杰尔还无法完全了解他们。

一个小时后，在殖民地酒吧式的餐馆里，他们正在从一块巨大的圆形奶酪上边切边吃，每个人都发誓说这是最后一块，不然就没有胃口吃晚餐了。查尔斯和奈杰尔喝着兑水的苏格兰威士忌，切斯特和苏姬则喝着马丁尼酒，而马克正享用着他的第三杯波旁威士忌。

"他们为什么戴着那些该死的'暴民帽'？"马克粗鲁直接地问道。

"是为了营造气氛，亲爱的。"苏姬说。

"难道他们不知道，在17世纪末，'暴民'是个黑话，指的是妓女、娼妓或淫妇吗？"马克追问道。

"我想，他们自己感觉舒服吧。"奈杰尔安慰道。

"我才不喜欢戴着妓女帽的女招待为我服务呢——这东西不该出现在一个典型清教徒式的精致老酒吧里。我必须得搞清楚，他们知不知道这些该死的帽子代表什么意思。服务员！"

"马克！你不能这样！"苏姬嘘了一声。

"小姐，"马克对女服务员说，"你能给我们的英国朋友启蒙一下吗？他想知道，你们戴的这种帽子是不是既舒适又能招揽生意。"

"哦,是的,先生,的确如此。"

"万分感激。"

"不客气。"

苏姬愤怒地看了马克一眼,但没再说什么。奈杰尔心想,没错,这个人就是个小丑,一个聪明的、隐藏在学者面具之下的小丑往往很危险。他是有钱人的儿子,也许是被宠坏了?老式新英格兰家庭出身,近亲繁殖吗?是要与血脉传承对抗?

很快,他们被招呼着去挑选各自的食物。

查尔斯·雷利扭头问切斯特:"现在是时候问问你了,这儿也算是个体面的地方了。你在商学院究竟是做什么的?就是说你在那里究竟是做什么呢?"

"开设一些课程,比如经济学、管理学、营销学、商业史、交易理论、商业伦理等,诸如此类的东西。"

"哦,听着还挺吸引人。"查尔斯平平淡淡地评论道,"不过,切斯特,你懂不懂如何培养一个成功的商人呢?当然,在我看来,这些所谓的商业课程就跟创意写作课程一样:真正的作家都不是课堂上学出来的,你最好待在家里,开始创意写作。"

"就像艾米丽·狄金森一样,"苏姬说。

"哦,那可不一样,商业和写作完全是两回事。我认为,一个作家必须会单打独斗。可如今的企业是一个团队,至少希望是这样。"切斯特的眼中闪现出一丝狂热的光芒,"现在,我们在一个研讨会上解决了这个问题。学生们被分成两个小组,每个组都被分配了将一种新型除臭剂投放市场的任务。一个人负责生产，一个人负责处理劳动关系，一个人负责区域营销，一个人负责成本核算，等等。当然，所有这些基本元素都基于促销的背景之下。"

"所以到底要做些什么呢？"查尔斯·雷利咕哝着。

"哎呀，当然是新产品的形象喽。"

谈话突然中断，气氛有点尴尬。苏姬开腔打破了沉默："切斯特，你的牛排都冷掉了。"

"这就像是 H.G. 威尔斯发明的一场战争游戏，"奈杰尔说道，"或者说，就像是在家庭派对上选择外交部候选人。"

"后勤方面的问题日益复杂，不过，我们越来越多地将其交给电脑处理。"切斯特一边说一边用叉子戳了戳他的牛排。

"真的吗？"查尔斯说，"那电脑能帮我写诗吗？"

马克向后靠了靠，满意地叹了口气："我真搞不明白，切斯特，你这个老家伙为什么还继续教书。你那个大脑袋里装了这么多知识，完全可以成为一个工业领袖，一个商界拿破仑。"

切斯特的脸上没有露出丝毫的表情。

"我是认真的，可不是在嘲笑你。看看你父亲吧。"

切斯特皱了皱眉头："他是最后一位孤胆英雄了。现在都讲究团队协作，从实验室里穿白大褂的，到庞大财团董事会里那些西装革履的……"

"从格陵兰的冰山到印度的珊瑚海滩，"马克低吼着说，"你想怎么说就怎么说吧，切斯特，如果我是父亲，我会给你押上几百万，赌你会成为另一个洛克菲勒。"

切斯特脸红了,看上去有点神秘兮兮的。接着,他把话题转换到他即将到来的英国之行。英国一所新大学的有关部门咨询过他,准备设立一所商学院。

"你爸爸那么有钱吗?"雷利问道,"那你能不能说服他为贫穷的爱尔兰诗人设立一个基金会呢?"

"够了!查尔斯,为什么你们欧洲人总是在乞讨?"切斯特异常尖刻地说道,"我的意思是……"

"切斯特的意思是,父亲只会把他的钱投往大型的公共事务,"马克打圆场道,"比如给他的家乡捐资建设一所设备齐全的医院,或者在卡伯特大学建造一所新大楼。"

"哎呀,"苏姬说,"如果我是他,我会资助消除种族隔离运动——只需尽量收买几十名南方国会议员即可,那帮人可用不着他花那么多钱……"

"苏姬,苏姬,你小小年纪怎么会这么损私肥公呢?无论如何,约西亚大哥不会同意你侵吞他的遗产的。"马克咧嘴笑着说。

"约西亚就是个骗子,一个讨厌的、骗人的卑鄙小人。这一点你是知道的。"苏姬撇了撇她那美丽的红嘴唇。接着,她就目不转睛地盯着马克。

"我的姑娘啊,你说的可是那位杰出的荷马研究专家呀?我耳朵没听错吧?乖乖,你可别吓唬我,我可不是他的监护人。"

"我本以为你会介意约翰发生的事,认为……"

"听着，亲爱的，这一切我们以前都经历过。"马克把声音压得很低，奈杰尔并未听到他说了什么。

他转向查尔斯·雷利，并且两人很快就谈到了次年即将举办的W.B.叶芝的百年诞辰。查尔斯三言两语又开始聊这位诗人的一些绯闻轶事了。

"你们这些爱尔兰作家好像谁也没说过他什么好话。"奈杰尔抗议道。

"我们当然不能说他什么好话。对我们来说，威利·叶芝可是个大人物。我知道，我们必须得把他缩小到符合我们的尺寸。毕竟，他这人有点糊弄人。但记住这一点——他痛恨政治上的狂热，因为他知道自己就是狂热分子，知道仇恨的力量。"

查尔斯陷入了沉默，而奈杰尔则听见切斯特说："……到时候告诉他，下周四去和约西亚谈谈，我要和他谈谈，但我不能保证什么。苏姬，你知道吗？"

奈杰尔看到，这个女孩感激地拉着切斯特的手。值得注意的是，她一直把脸转过去不看马克。

奈杰尔想起了那句话："让茅德·冈来审判。"真是个奇怪的想法。要知道，在那位具有传奇色彩的爱尔兰女英雄身边，这个女孩显得多么渺小，但是苏姬的眼睛里闪烁着狂热的光芒，毫无幽默感。这会儿，她果断地起身收拾起自己的行李，说是时候该回家了。

第二章

蟑螂和十字军战士

奈杰尔带着一丝疑虑上下打量着眼前这位晚宴的女主人——梅·爱德华兹。没人知道她接下来会说什么，她总会从出人意料的角度发表评论，要是有人试图阻止她那些犀利的言论，简直就像是让村里的击球手去应对国际板球锦标赛投球手一样，结局令人沮丧。

霍桑学院里流传着一个故事：梅喜欢老师们称呼她受洗时所取的名字。在她组织的一次聚会上，一位善于察言观色的新生便特意跟她说："我可以给您拿杯饮料吗，梅？""好的，谢谢，"她回答道，"我要一些苦柠檬水。不过，不要拘束，请称呼我爱德华兹夫人。"

霍桑学院院长的太太——称呼她夫人不太明智——是一位出身于显赫之家、学识渊博的苏格兰女人。她善于巧妙地把她的渊博学识掩藏起来,向毫无戒心的陌生人猛烈开火。今晚,她穿着不太适合这种场合的咖啡色丝绸衣服,似乎是要保持一种宽容的心态。

"希望你在那房间里住得舒服,奈杰尔。"

"非常舒服,谢谢。"

"那些蟑螂没麻烦到你吧?"

"没有。还有蟑螂?"

"哦,你知道,卡伯特最出名的就是蟑螂,而且我们认为霍桑学院更是盛产蟑螂。本学期早些时候,就在你来之前,可怜的小切斯特有一天晚上发现一大群蟑螂在他的卧室里到处爬。"

"太讨厌了。那他怎么办呢?"

"只能到客厅的沙发上睡了。你知道,蟑螂从地下室出来可能是为了转移,或者只是为了寻找一丝安宁。"

奈杰尔认为很可能是后者。最顽强的蟑螂肯定也会被主院落周围地下室里大学生繁忙的生活吓倒:锅炉房、洗衣房、食堂、更衣室、电视广播室、乒乓球室,以及天知道其他什么东西。除非被迫去上课外,学生会巧妙地利用这个地下建筑群。要是新英格兰下起大雪,他们甚至完全不用出门。

"我想它们应该是爬着去见切斯特的吧。"奈杰尔若有所思地说。

"我过去都没意识到蟑螂其实还会飞。"

"不,我的意思是,可能有人把它们放在那里的——有坏人会这么干的，梅。"

"哦，得了吧，切斯特他自己就是坏人，也是他身边唯一的坏人了。"

"所以你觉得他不是遭迫害，只是得了被迫害妄想症吗？可他自己好像并不这么认为。"

梅·爱德华兹一只手放在奈杰尔的袖子上。她一直若有所思地盯着会客厅的另一端，而那个坏人切斯特正在那里和一群同事聊天。

"此外，他还自欺欺人。人们往往是因为信仰或者怪癖才会受到迫害，可切斯特这样一个典型的现代美国人，既没有信仰，也没有怪癖。"她的声音开始有点急促，预示着她要开始自己的文化宣言了。宾客们都变得安静下来，继续默不作声。爱德华兹夫人打破了沉默，她弯下腰，严肃地看着奈杰尔："听说过不少关于你的传闻了，"她说道，"给我说说，你会读侦探小说吗？"

"有时候读。"奈杰尔说。

"希望你在这方面很在行。"

"在行？"奈杰尔问。

"就是把它看成一种艺术形式。"

"不是什么艺术形式，纯属娱乐罢了。"

梅点头表示赞同："好极了。我不喜欢那些试图把犯罪小说当作病态心理学来读的人。这种小说最大的优点就是虚构现实，但如今有些犯罪小说作者，憋着劲儿想写《罪与罚》那种作品，不是谁都能有陀思妥耶夫斯基那种天赋的。本来就是些消遣时间的小说，还真把自己当成严肃文学家了。"这似乎让她很恼火。

"还有,小说只剩情节了——用花哨的文字来掩盖空洞的内容——人们已经厌烦这些了。我能理解,写得太假了,血迹都像是用红墨水伪造的。"

"我还以为,你无论如何都会喜欢这些东西。"她似乎有点受伤。

"好了,梅,拜托啦!我来卡伯特不是为了……"

但是她情绪激动起来:"依西杰告诉我,你卷入了许多令人讨厌的案件。"

"我也告诉过你,亲爱的,"爱德华兹院长走到他们面前,坚定地说,"在霍桑学院干净、健康的气氛里,不要再提奈杰尔那些令人讨厌的过去了。我不能让我的学生们因为过分好奇英国的生活阴暗面而对他们的课程分心。"

"但私家侦探的方法应该很有启发性的……"

"亲爱的梅,私家侦探都是置身事外的——不管是在现实还是在虚构的情节里。暴力犯罪现在只能由专业团队来处理了。"奈杰尔说。

"假如这意味着我们必须依赖我们的城市警察,那就更糟糕了。他们无一例外,全都腐败不堪。"她叹了口气。

"我想,为了避免你因诽谤罪被告上法庭,我们最好还是别聊这个话题了。奈杰尔,我想让你认识一下另一个阿尔伯格——就是,约西亚。"院长身材高大,当他挺直身子时,那颗骷髅般的脑袋就像一条蛇一样无休止地增加了他的高度。他把奈杰尔带到会客厅的另一个角落,那里有一个中年男子仰面躺在单人沙发上抽着烟斗,不理睬其他任何人。

见了奈杰尔，约西亚起身，二人礼貌地寒暄了几句。

约西亚那张脸洁净、冷漠，在古典学者中倒是很常见：他看上去好像很成熟——每条皱纹都长得很对地方。只不过，他这种沉稳的外表和他那烦躁的眼神不太相称。

"嗯，你觉得卡伯特怎么样？"他突然问道。

"我来这里还不到一个星期，现在下结论还为时过早。"奈杰尔说。

"如果你不能在最初几天内得出结论的话，那你就永远也无法客观地得出结论了。"

"可能的确如此。但我又不是记者。"

"嗯哼。我猜这里每个该死的学生都会问你，卡伯特大学和牛津大学相比怎么样。"约西亚朝奈杰尔的头上方吐了一个烟圈。

"是有不少人问，他们真的求知欲很强。"

"这就是典型的美国学生。他们认为，不加区别地吸收信息就等于获取知识。"约西亚翻了翻眼珠子。

"我发现他们非常有礼貌。"

"藤校传统罢了，"约西亚酸溜溜地评述道，"当然，在餐厅里，礼貌的交谈是必要的，可以掩饰食物的糟糕。我们的食物都是由中央厨房的压缩空气从管道里喷射出来的，你知道吗？"

"你有证据吗？"

"据说，证据就在那些布丁里面。"阿尔伯格似笑非笑地继续胡扯，"热空气是由校长和各位系主任负责操作。不过，你的杯子空了，喝点什么？"

"波旁威士忌兑水。"

约西亚·阿尔伯格端着满满的一杯酒回来了。

"刚才,他们正就教育目的这个话题开撕呢,就好像他们是第一个注意到教育应该有目标的人。普通教育与专业研究,程序你懂的。疯了!所有这一切意味着每个教员都想为自己攫取更多的钱和声望。"约西亚对着奈杰尔和蔼地说着。

"可是,古典文学教员就没有这么粗俗的动机?"

"我亲爱的斯特雷奇威,你也是一个古典学者吧,院长对我说过。你知道,经典无须吹嘘,它是文化的基础。几个世纪以来,它们培养了无数最优秀的人才;如果能继续给它机会,它仍然是最有效的培训系统,它们给思想建构内在的骨骼,无论是在概念还是在实践上。"

"你弟弟不会同意这个观点的。"

"切斯特?"约西亚做了个苦笑的鬼脸:"商学院!还指望在那帮无赖和无政府主义中培养出绅士风度!每一个成功的商人都是一个无政府主义者,一个精致的利己主义者。他们之所以能抢得先机,是因为我们其他人遵守法律,不像他们那样浑身铜臭。"

"我想起了马克。"奈杰尔温和地说。

约西亚眯着眼:"马克?他的才能可不在赚钱方面,恰恰相反……"

"不,我的意思是,他不会同意你所说的'经典是文化的基础'……"

"哦,我明白了。的确,英语才是基础。他不满足于唾手可得的见解,致力于培养家庭女教师。"

"他看起来非常能干。"奈杰尔说。

"他曾给一些伪学术杂志写过几篇蹩脚的小文章,如果这也能算得上是能力的证明的话。我在哈佛读书的时候,我们那时候看书,主要是英国文学和美国文学,有修养的绅士都要看的,走路的时候都会带着几本。但是……"约西亚哼了一声,"我们可没有'研究'英国文学,你能想象一个古希腊观众在剧场里'研究'埃斯库罗斯①吗?真没想到,为什么喜欢莎士比亚也能成为一门学问!"

"你是从南方来的,是吗,阿尔伯格先生?"

"怎么看出来的?我的口音?还是我保守的观点?事实上,我母亲是南方人。不过,我父亲的第二任妻子来自美国中西部。"

"你觉得苏姬·泰特怎么样?我上星期天和你的兄弟们见过她。"

约西亚的脸上闪现出一种明显的心烦意乱的表情,不过很快就消失了。

"苏姬?"他缓慢地说道,"哦,我想,她是个喜欢煽风点火的人。也许马克娶了她以后,她就会安稳下来了。假如马克娶她的话。"

"哦?他为什么会不娶她呢?她长得很漂亮呀。"

约西亚看起来很不自在。奈杰尔想,可能他这样学院派的美国人往往不喜欢学术之外的闲言碎语,反观牛津大学的老师们,他们早都习以为常了。

"她是很漂亮,但她的确也有一些风流韵事。"约西亚不安地朝四周看了看,接着压低声音说,"你知道吗,上学期她和切斯特的事情

---

① 埃斯库罗斯:古希腊悲剧诗人,代表作有《被缚的普罗米修斯》《阿伽门农》等。

才刚平息。我并不是说，她是个……是个……凭借美色骗取男人钱财的女人，但她也不是一个很安稳的女孩——她家人从根上就不太正经。不知道你听说过没有，在麦卡锡调查期间，她父亲就是身上一堆麻烦事的好莱坞导演之一。"

"但，这也不能说明她道德败坏啊。"奈杰尔温和地建议道。

"哦，没错，没错。是不一定。没错。"约西亚脸上露出凌乱且含糊的表情，他显然不想继续讨论这个话题。

晚宴快要结束了。约西亚朝奈杰尔挥舞着烟斗，让他想聊天的时候随时过来——他的办公室是 B.24，他通常在那里工作到接近午夜，而院长则邀请奈杰尔留下来，睡前和他再喝上一杯。

奈杰尔和院长早在牛津大学就认识了，不过打那以后却很少见面。那段日子里，还没当上院长的依西杰是一名充满激情的划桨手，结果和一名拖曳船的妖艳女人纠缠不清。最后还是奈杰尔设法将这位天真的美国年轻人从妖艳贱货的魔爪中解救出来，这才没耽误这位未来院长的美好前程。为此，奈杰尔不但赢得了未来院长的一生感激，还丰富了他的本科口头禅："真遗憾，他是个划桨手。"

"我看见你和约西亚聊得热火朝天，"院长说，"希望你的古典文学修养对你有所帮助。"

"他好像是一个非常焦虑的人。他为什么着急呢？"

"哎呀，你知道的，作为一名教师，他非常尽责。"

"但是，他不是一名拥有一流头脑的学者吗？"奈杰尔问道。

"我不想去评判，这不是我要讨论的话题。"

"你和以前一样避重就轻，依西杰，我想老师们都是圆滑变通的。嗯，这就是我对他们的印象。而他是一个酸甜参半的怪人，不是吗？"

"那甜味肯定是从他母亲那里继承来的，"平躺在沙发上的梅说道，"他父亲是个傲慢的老土匪。"

"好啦，阿梅！"

"他和他父亲相处得好吗？"

"据我所知……"

"相对来说他和父亲的关系更好些，"梅插嘴道，"老头最终同意把他所有的东西留给下一代时，所有的钱都会到他的手里。"

"什么？你的意思是说，其他兄弟被排除在遗嘱之外了吗？"奈杰尔问道。

"哦，不是这个意思，"依西杰解释说，"在霍桑学院建造计划执行之际，老阿尔伯格先生在他的遗嘱安排中已经做了暗示。他第一个老婆的儿子约西亚将获得一半的财产，其余的由切斯特和马克平分。如果后两个孩子有谁'让他不高兴了'，那他的那份遗产将捐给大学做科研。"

"他的第二个老婆呢？"

"死了，"梅说，"她再也受不了跟他一起生活了。你可以再给我倒一杯酒。"

院长给她倒了一杯。

"不过,他怎么能预料到小儿子们会惹他不高兴呢？"奈杰尔问道，"他们看起来并不让人讨厌啊。"

"嗯，马克还是一名大学本科生时，是个相当顽劣的家伙。欠了一屁股债，据说还有更荒唐的事。不过，他现在清醒了，但愿如此吧。"院长解释道。

"事实情况是，"梅说道，"这个老无赖逮着机会就会剥夺他们两个的继承权。他和第一个老婆感情很好，至少看起来是这样，而且这似乎对约西亚产生了潜移默化的影响。更重要的原因是，"她补充道，"因为她是死在他手里的。"

"什么？"

"机动车事故。他因此感到良心不安——这是他第一次也是最后一次感到良心不安。"

大家恭敬地沉默着。

"好吧，不管怎样，"奈杰尔最后说道，"他肯定不希望切斯特不服管教。"

"恐怕他一点儿都不尊重切斯特，"院长说，"他原本希望自己的儿子中能有一个从商的……"

"但是儿子们明显不如他自己成功。"爱德华兹夫人说。

"这一点你说得对，梅。不管怎样，可怜的切斯特做了他以为父亲会认为近乎完美的事情。只不过，这位老人把商学院看作是一种玩打仗的游戏，他并不需要这个。切斯特对此感觉非常非常糟糕。"

"不过，他显然在这个领域做得很好——他已经被一所英国大学聘请了。"奈杰尔说。

"切斯特是一个沉闷且认真的人——就是那种让英国大学权威印

象深刻的美国人。"梅说道，"他行事谨慎，如果不先保证自己有退路，他是永远不会前进的。"

"你猜他是不是就用这个方法向苏姬·泰特求婚了？"奈杰尔问道。

"哎呀，我们怎么像老太太们一样八卦呀！"

"亲爱的，你就是个老太太啊！"依西杰吻着梅的额头说道。

"走开！"

依西杰说道："我们从来没有真正搞清楚过苏姬和切斯特之间的情况。他们俩四处晃荡，肯定……"

"然后那个精力充沛的马克一把就将她抱上了马背？"奈杰尔说道，"但看起来一点也不像啊。我承认，我只和他们待了一天，可是我不知道他们是否订婚了，我被美国人的性观念打败了。天哪，他们肯定知道自己订婚了吧？"

"这会儿理智点，奈杰尔。她是个年轻女孩，为什么她就不能花点时间来做决定呢？"

"好吧，梅。但我想知道，她是否真的一心想着切斯特或者马克。她就是这样一个十字军战士，怎么可能会放过他们两个呢。"奈杰尔说。

"你怎么知道的？"依西杰问。奈杰尔将上周日的一些谈话内容告诉了他们，问道："她和约西亚之间究竟发生了什么事？他好像并不喜欢她。"

就在此时他发现，一对结婚多年的夫妇之间的默契，甚至不需要眼神交流就能达成一致意见。

依西杰从椅子上站了起来，走向壁炉架，说："剽窃，奈杰尔，她弟弟剽窃。"

"她弟弟？她弟弟是个作家？"奈杰尔问。

"不是作家，你们英国把这个称为抄袭。约翰·泰特是约西亚的毕业生里最有前途的一个。他从约西亚一篇未发表的论文中剽窃了一大块内容，并将其作为自己的研究成果写进论文里。"院长的脸上露出了忧郁的表情，"当然，我们不得不将他从大学开除，是暂时开除。如果他表现得好的话，一两年后还可以回来。"

"我明白了。苏姬站在他那一边了？她弟弟承认这是剽窃吗？"

"他没有想隐瞒此事——因为他几乎对原文一字未改。"

"如果他是这样一个投机取巧的人，那就太让人感到意外了。"

院长摆弄着壁炉架上的一个装饰品，口里说道："嗯，他坚持认为，论文中的关键观点是他自己的：他曾与约西亚讨论过这些观点，是约西亚先剽窃了这些观点写了这篇文章。"

"哦，天哪！"

"你可以再一次表达你的惊讶。这是一个很不愉快的局面，当然，此事已成定局。约西亚是个正直的人，而约翰——哎，在其他事情上，我们一直觉得他并不是很可靠。"院长叹着气说道。

"如果说当时约西亚的文章还没有发表，那考官们是怎么知道这个小伙子剽窃了他的想法了呢？"

"其中一个考官告诉约西亚，说这篇论文有多么精彩，并且简单描述了约翰提出的一些观点。所以约西亚感觉到不妙，要求马上查看论文。"

"可他是约翰的论文指导老师,难道他没有提前审读约翰的论文?"

"当然,但那是以后的事情。"

"听起来好像这位约翰·泰特和他姐姐一样,也是一位十字军战士。"奈杰尔说。

"十字军战士?你这么说是什么意思?"梅尖锐地问道。

"听起来,他好像是故意要和阿尔伯格教授摊牌。否则,他难道不会改一改约西亚文章的用词,来至少掩盖一点剽窃的痕迹?毕竟,考虑到学生和他的导师之间关系密切,导师的一些想法对他的学生产生影响是可以原谅的,也是不可避免的。"

"那这次十字军东征能有什么帮助呢?"院长皱了皱眉头。

"是为了确保合适的人抢先提出自己的想法。"奈杰尔说,"依西杰,你比较过这两篇文章吗?"

"当然。实话说,我是一名历史学家,考据正是我的本行。"

"好了,老朋友,别先下定论。别老想着一篇文章是出自一位正直的终身教授之手,而另一篇文章是出自一位道德有瑕疵的学生之手——把这些都忘掉,你就告诉我哪篇文章更好。"

"但如今看来……"

"哪篇文章的论述更有说服力,结构更合理,更具有学术性?"

院长沉默了好一会儿,然后说:"好吧,如果你这么说的话,约翰·泰特的文章更胜一筹。不过……"

"行了,行了,这就是我想要听到的。你没必要告诉我对方的所有论述。很可能约翰就是这两位作者中最有说服力的一位，他对约西亚那个观点的阐述比约西亚本人阐释得更完美。顺便问一下，约西亚的文章发表了吗？"

"还没有。他告诉我，他想再斟酌一段时间。"

"你不会翻这件事情的旧账吧，奈杰尔？"梅怀疑地说，"我可不想让依西杰再经历那样的麻烦了，这件事把他折腾得够呛，他被逼得快要服镇静剂了。"

"天哪，不会的。我来这里纯粹是为了躲清静，是为了看一眼你的赫里克手稿。别担心了。"

不过，但凡是奈杰尔·斯特雷奇威在场的地方，哪怕是最小的谜团，不被破解的概率很小，就跟食蚁兽笼子里的蚂蚁存活概率一样小。

……

奈杰尔穿过庭院走向自己的楼梯时，学院里一片宁静。不过，几乎每个房间的灯罩下面的灯都还亮着。这和他过去在牛津大学时晚上那种狂欢的声音大不相同。这里的人们都太认真了：除了星期六的舞会和大学橄榄球赛后的偶尔爆发外，秋天的漫漫长夜都被用来学习了。

几名大学生从通宵不关的大门走了进来，礼貌地对他说了一声："您好，斯特雷奇威先生。"只要不用教课带学生，那么和年轻人在一起生活是一件非常愉快的事。

霍桑学院的高塔在他头上方隐约可见。是谁给它起了这个名字呢？自然不会是创始人阿尔伯格老先生，这位传说中的富豪不像个读书人。奈杰尔掏出钥匙，开门走进自己的房间。屋内的墙壁配有装饰板，还有两把扶手椅，三张印有卡伯特大学徽章的硬椅子，一张沙发，一个几近空荡荡的书架，以及书桌上一封午饭后送达的克莱尔的信。他只能勉强听到，在楼上的某个地方，一台留声机正在播放着勃兰登堡第四协奏曲。不一会儿，就连留声机也不响了。

他翻开《雨王亨德森》，开始阅读起小说来；但这部令人钦佩的作品并没有让他忘记那位古典文学教授和他的毕业生之间的怪事。他本应该再问依西杰一些其他的事情，但是这位院长显然不愿意再提及那段至今仍让他痛苦的旧官司。

阿尔伯格三兄弟……性格和长相一点儿也不像……在那样一个手腕强硬的大富豪膝下为人子必定不会轻松。然而，有点出乎意料，他们中没有一个人成为纨绔跋扈的花花公子，连马克都改邪归正了……他们的身上都没有富家子弟常有的毛病，譬如被宠坏、性格缺陷等等。反之，每个人都在踏实地走自己的路。

……

突然，楼外传来了一阵脚步声，接着，一个喊叫声打破了平静。

"卖吃的了！卖吃的了！热狗！可乐！咖啡！……"

一个星期后，每当听到这个可怕的吵闹声，奈杰尔依旧会紧张地跳到椅子上。每天晚上 10 点 15 分，这个食品小贩会准时在奈杰尔的门口叫卖商品。那帮 6 点 30 分就吃过晚饭的学生忙不迭地去补充体力，以备再学习一个小时。这个食品小贩本人也是一名学生，在学期伊始，他以最高的工作强度和最薄的利润率竞标到了这份工作——这个私营企业的实例会让牛津、剑桥大学的老师们大吃一惊。随着小贩从一个门口走向另一个门口，再延伸到院落的另一端，他的叫卖声此刻也开始渐行渐远。

在这个安静的学习圣殿里，唯一能与这个叫卖声比肩的噪音就是隔壁建筑里的钟声。据说，这些钟是从俄罗斯一座废弃的修道院运来，并被安置在这座高塔上的，听说校方还曾雇佣一个修士来教本科生们怎么敲响这个钟。到今天为止，这个钟挂在那里已经三十年了，或许那个修士早已退休，又或许是敲钟的传统已经礼崩乐坏，总之，如今每周日12:40到12:50响起的钟声就是一场灾难：查尔斯·雷利说这个声音"像天上就要掉下来一个大魔王似的"。

食品小贩的叫喊声终于消失后，奈杰尔就上床睡觉了。他实在是太困了，所以决定不去面对那个危险的淋浴器——当他（站得远远的）把水调节到合适的温度，然后毫无防备地走到淋浴器下方时，它会突然喷出滚烫的热水。

他躺在床上半睡半醒之间，听到远处有警笛声传来。不是消防车就是救护车，他分不太清。迷迷糊糊中，他想起查尔斯·雷利总是不肯承认这种凄厉的声音是救援车辆发出的，还对他说："这是报丧女妖的声音，奈杰尔，你知道那意味着什么吗？学院里的死神。你想想看，他们会更紧张。"

第三章

诡异的寻宝

接下来的五天内,查尔斯·雷利一语成谶,不过没有人意识到这一点,因为甚至没有人发现受害者不见了。

直到爱德华兹的派对结束后的又一个星期一,霍桑学院里的气氛才开始让人感到不安。学院的规矩是这样的,如果一名教员的办公室门上贴着一张告示,上面写着"今后几天所有预约全部取消",那么听话的大学生就会相信这张告示的内容,继续去做自己的事情。而那些求知欲更强的学生,有了非问不可的问题,则会去敲门,房内实在没人开门,他们才会悻悻离开。

周一的中午，奈杰尔来餐厅吃午餐，他走到马克和查尔斯旁边的一张桌子边坐下，听到这两个人已经聊开了。

"……嗯，我最近没见过他。"马克说。

"该死，真烦人。他说要请我吃饭的，我不记得是今天还是明天了。你好，斯特雷奇威。我给他的办公室和公寓都打了电话，打了两次，没有人接电话。我还能往哪打电话去找他呢？"

"打到教学楼那边问问看？"

"他说过周末要去什么地方吗？"

"没跟我说过。"

"话说，你们找的是？"奈杰尔问。

"约西亚。"

"午饭后最好再去他的公寓看看，"马克建议道，"他那个黑人女清洁工下午会过来。"

"他可能和女人去度周末了，所以不想让其他人知道吧？"查尔斯·雷利眨了眨蓝眼睛问道。

"好了，我可不是哥哥的监护人，"马克说，"再说，带女人过周末这种事情，对他来说根本不可能。"

一帮人吃完饭后，直接来到位于B座的约西亚的办公室，看到了门上的那张告示："今后几天所有预约全部取消。"

"太不正常了。"马克说。

"他不常取消预约吗？"奈杰尔问。

"是的，他是个兢兢业业的教书匠。我有时候这么叫他。"

35

"上面也没写日期。"奈杰尔说。

"要不我们闯进去看看？"雷利问道，"没准儿那家伙已经死在地板上好几天了呢。"

马克看了他一眼。接着，他把手伸向口袋，中途又停了下来，然后继续往口袋里伸，接着掏出了一包香烟："也许我们可以向管理员要备用钥匙。不过，让我们先问艾尔莎试试。"

艾尔莎就是负责给约西亚打扫房间的黑人女清洁工，她说阿尔伯格先生从上个星期三晚上就没有在家睡觉了，也没有给她留下任何消息，信箱里的信件也没有人打开取过。马克告诉奈杰尔和查尔斯，约西亚在办公室里有一张床，他有时工作得太晚，就会睡在那里。

最终，他们从门房管理员那里拿到了备用钥匙，然后回到约西亚的办公室门口。马克插入钥匙，轻轻地打开门。

房间里陈设很简朴，棕色镶板的墙上挂着几幅泛黄的希腊古董版画，一个文件柜，一张桌子，办公椅的下面铺着地毯，都是办公室里常见的陈设，靠墙一个低矮的书架上摆满了古典书籍。

显然，这个房间的主人并没有死在里面。奈杰尔朝房内的小洗手间里探了探头，这里也是空的。马克飞快地翻了翻桌子上的文件，说："这里也没有发现什么线索。"

"这是什么？"奈杰尔指着钉在其中一面墙上一张巨大的方形工作表问道。

"那是约西亚本学期研讨会安排以及和个别学生预约的时间表。"

"那些用红墨水做的记号呢？"

"每一个辅导期结束时,他都会做这些记录:如果有学生没有来,他会在相应的方框里写上该学生的姓名首字母。有什么问题吗?"

"上周四之后就没有打钩了。"奈杰尔说,"他上周五有几个预约,但都没有打钩。所以他一定是在上周四晚上或者上周五凌晨才将通知贴在门上的。"

"然后他就消失在稀薄的空气中了,没有留下一丝痕迹,"查尔斯撅着厚厚的嘴唇说道,"那我们下一步该怎么办?"

"很显然,我们得去问院长。"奈杰尔说:"约西亚因为个人原因请假的话,必须要找院长。"

不过,依西杰·爱德华兹院长并没有收到约西亚教授此类的请假,事实上,自从那天晚宴过后,他就再也没有见过他。

眼下的局面已经有点让人费解了,但院长和奈杰尔倒也不是特别担心……

尽管卡伯特大学是一个文明之地,却也保留了一些怪异的传统,这些传统从糟糕的过去到如今代代相传。霍桑学院里就有这么个保留节目叫作"诡异的寻宝",除了院长所有教师都知道。每年的大一新生都需要按照学长的指示在深夜前往学院里某个神秘的地点,按口令去寻找某个物件,第二天早餐时分必须把找到的物品送到大二学生委员会。这个物件并不固定,但总归是一个奇怪玩意儿,有时甚至让人觉得恶心。

丹尼斯·戈奇就是接到了这个"诡异的寻宝"任务的大一新生,

他已经做好了最坏的打算。周一午夜,他拿着手电筒,小心翼翼地穿过那条黑暗的地下室通道。这个小伙子很聪明,他准确无误地从繁杂的信息中解读出这一条线索,认为这是要指引他先去一间废弃的更衣室。第一道障碍就是如何取得废弃更衣室的钥匙,他足智多谋,没费多大劲就从管理员办公室里"借"到了这把钥匙。

他这会儿已经来到了门前,插上钥匙,转动起来。门没有打开,他将钥匙拧了回去,然后又试了试把手。这一次,门开了——铰链发出微弱但刺耳的声响:原来,其实这个门根本就没上锁。进门后,丹尼斯拿着手电筒朝房间四周照了照。四周是一排排高大笔直的储物柜,一些柜子上还有用白色粉笔标注的业已褪色的名字。丹尼斯静静地站了一会儿,屏住呼吸,半信半疑地期待着会出现什么可怕的事物,不过屋里一片寂静,什么动静也没有。他打算再看看那张写着线索的纸,研究一下下一步该做什么。就在这时,他突然意识到房间里有一股奇怪的气味。

丹尼斯恍然大悟,看来这次学长们规定的"宝藏"就是这个东西了,没错,一向是这样的,不管是什么"宝藏",反正都是些让人恶心的东西,这回八成是一只死老鼠。于是,他循着嗅觉绕过这些储物柜,一直走到一个臭气最明显的角落里,这里也是一个高大的储物柜。肯定是这里了,但这个柜门把手肯定没那么容易打开。就在他琢磨着怎么开锁的时候,那个柜门把手居然轻轻一按就打开了。一阵恶臭扑面而来,从里面掉出来一个高大的假人。丹尼斯心想:不是死老鼠,原来是个吓唬人的假人?他心里觉得有点好笑,用手电筒照到了假人的脸——那是阿尔伯格教授，太阳穴上还有一个齐整的圆洞！

丹尼斯·戈奇连尖叫声也没发出，就晕倒了。一分钟后，他苏醒过来，双手撑地跪在尸体旁边，感到极为恶心。

……

几分钟后，院长正准备上楼睡觉，忽然听到自己住所的前门传来一声巨大的敲门声。他急忙下楼打开门，发现门前站着一个脸色苍白的大学生。

"丹尼斯？"

"是阿尔伯格先生！（丹尼斯虽然感到恶心，可还没忘记卡伯特大学的传统，那就是称呼所有的教授为"先生"）他死了！就在更衣室里……我找到他了……"

"天哪！丹尼斯，你看起来筋疲力尽了，喝点白兰地镇定一下。"

"可是……"

"放松点，你确定他死了吗？好吧，你这个可怜的家伙再坚持一会儿。"

"先生,肯定死了,都腐烂发臭了！"丹尼斯歇斯底里地脱口而出，不过他立刻被自己的话吓到了，连忙补充，"对不起……"

"端好了！把酒喝了。"

丹尼斯把酒一饮而尽，当白兰地使他的面颊恢复点血色时，院长问："你大晚上的去那个废弃更衣室里做什么？那个鬼地方多久没人去过了，你不知道吗？"

"嗯，"丹尼斯不安地回答道，"这是一种……"他想起了自己的保密誓言，突然停了下来。

"一种什么？哦，一种折磨？那个愚蠢的寻宝游戏。好了，别想它了。你去把管理员叫起来，把他带到更衣室去，告诉他打开地下室所有的灯。等一下，把斯特雷奇威先生也叫起来，他在 D.32 房间，快点去！"

当丹尼斯带着奈杰尔赶到现场时，更衣室里的灯都打开了。院长和身材矮胖的管理员格罗斯先生正站在远离地板上尸体的地方，无助地向下凝视着。

奈杰尔走上前，看了一眼那个被钻了洞、发黑的前额，扭曲的嘴角里发出那熟悉的咆哮声。

"被射杀的，小口径武器。如果是近距离射击的话，效果会相当明显，显然情况就是这样。"

"看在上帝的分上，约西亚为什么要开枪自杀呢？"院长问道。

"他不是开枪自杀。戈奇同学，你说你是在柜子里找到他的吗？"奈杰尔反驳了一句，然后看向丹尼斯，丹尼斯默默地点了点头。

"凶器在哪里呢？那个柜子里没有，地板上没有。哦，不会吧，他是被枪杀的，然后被关进柜子里的。"

"可是，奈杰尔……"院长几乎叫唤起来。

"格罗斯先生，这间房子上次打扫是什么时候？"

"是在假期里打扫的，先生。"

"所以说，他是在别的地方被枪杀的。肯定是这样,依西杰，你看！地板上没有血迹，柜子里也没有。你打电话报警了吗？"

"报警了,"格罗斯先生说道,"我来这里之前就报警了。"

"很好。我们现在必须把这件事交给他们处理。尽量不要触碰这里的任何物体。"

"我们锁门上楼等他们好吗?"院长问。

"我能说两句吗?"丹尼斯问。

奈杰尔看了看男孩那张聪明的脸庞:"说吧。"

"我进来时,这扇门……这个房间的门……并没有上锁。我……有钥匙,但是没用上。"

"你有钥匙?"管理员带着威胁的口吻说道,"你是怎么拿到的?"

"别管这个了,"奈杰尔说道,"这扇门平时是锁着的吗?"

"我想没有锁吧,反正这里没啥可偷的。"

"你上次检查房间是什么时候?"

"两三周前我来过。"管理员格罗斯看起来很不满地回答道。

"但你以为门是锁着的,是吗,戈奇同学?"

"嗯,我以为是锁着的。"

"你是把偷钥匙当作你们这个游戏中的考验吗?"院长质问道。

远处警车的警笛声让丹尼斯躲过了这番问答,大家急忙穿过走廊,上了楼梯,来到大门口的门房。

……

"盘问我?没错儿,他们盘问我了,"第二天早上,丹尼斯在早餐期间对一群朋友说,"盘问了一个小时呢。"

"就在尸体前面盘问吗?"

"别傻了，是在院长的小屋里。"

"所以说，你就是头号嫌疑犯喽。"

"我那是协助警方调查。"

"他们说警方询问有时候故意不让你休息……"

"我猜这是丹尼斯得到的第一个学位课程了吧！"

"故意杀人学士学位，伙计，那你可真是好棒棒了！"

"哦，别提了，好吗？"面对着大家的取笑，这位饱受折磨的年轻人抗议道，"今天到此为止吧。"

"那好吧。"

"斯特雷奇威这家伙在干什么呢，他有没有干涉这个案子？"

"听说他是一名英国私家侦探，到我们这里是为了躲清静来着。"

"现在只有他能救你了是吧？不然你会被当成杀人犯去坐电椅的。"

"艾尔，你干脆杀了我算了！"

"你对这次谋杀的主要印象是什么，戈奇同学？当然，咱们就是私下里闲聊。"

"恶臭。"丹尼斯说。

"你说什么？"

"恶臭。那个英国人斯特雷奇威也是这么说的，'谢天谢地，终于摆脱那股恶臭了'。我们离开更衣室时，他就是这么说的。"

丹尼斯的同学艾尔嘴里念叨着这个词："恶臭。是个好词，一个极好的词。我喜欢，以后就让它取代所有其他同义词吧。"

……

"不，不，依西杰，我可没有卷入这件事。"奈杰尔正和院长一起吃早餐，眼角还带着因失眠产生的眼屎，"据我判断，那个警督是个非常能干的小伙子。"

"但是，奈杰尔，你已经卷入其中了。我需要你做的所有事情就是从学院的角度来关注这件事，你就代表我吧。"

"这里到处都是警察，我不想干涉他们，哪怕是为了你也不行。"

院长耸了耸肩，对着他的鸡蛋自言自语起来。奈杰尔则贪婪地吃着烤玉米松饼，他对这个倒是挺有热情。

"我想，他毫无疑问是在办公室里被枪杀的。"依西杰说道。

"大差不差吧，他们在办公室的地毯下面发现了大量血迹。我猜凶手是在他的办公桌前或桌子附近开枪打死他的，然后拖过地毯掩盖血迹，然后再把尸体拖到地下室。"

"凶手为什么不肯把尸体留在办公室呢？"

"因为办公室人来人往，清洁工或任何带钥匙的人随时可能进来，他想争取时间。"奈杰尔一边咀嚼一边思考，"如果不是丹尼斯闯进那间废弃的更衣室，尸体可能会在那个柜子里放上几个星期或者几个月。"

"我不明白的是，怎么会没有人在约西亚的房门口听到枪声呢。"

"哦，这个容易，"奈杰尔心不在焉地回答道，"还有松饼吗？"

"容易？拜托，你这话是什么意思？"依西杰边问边向服务员又要了一份新做的松饼。

"有两个时间点,"奈杰尔的措辞非常官方,"熟悉贵院日常事务的人都可以放心地开枪。"

"还有这样的时间点?"依西杰满脸疑惑。

"当然有。一个是每周日中午准时响起的震耳欲聋的钟声,另一个是那个食品小贩足可以掀翻屋顶的叫卖声。这两个时间点开枪,枪声都能完美地被掩盖。我倾向认为是后者,因为星期天中午移尸并不方便。当时凶手很可能正在约西亚的办公室里和他说话,当食品小贩开始大喊大叫的时候,他突然拔枪开火了。"

院长盯着奈杰尔:"说说看,那个警督有没有意识到这一点?"

"这种事当然只有住在这里的人才知道,就看他会不会问到这方面的事了。但其实这一点对于破案也没有多大的作用。就算是枪击发生的时间点能确定,也根本无法确定是哪一天的这个时间。推测案发时间目前只能看尸检结果了,对此我也不太乐观。啊,松饼来了,要是能再加一点黄油就好了。"

院长把黄油递了过来,说道:"那个警督,布雷迪警督约我半小时后见面,我希望你能陪着我。"

"别害怕,"奈杰尔含着满嘴的食物说道,"我吃完饭要去睡觉了,不睡足觉我就无法思考。"

"你知道,奈杰尔,我对可怜的约西亚感到非常难过。"

"我知道。"

"但我同时又很担心这个案子会打乱学院的日常工作安排,我对此也感到很抱歉……"

"'驾着你的车和你的犁，碾过那些死人的尸骨'，这句话有些不中听，但这是我们能说的最好听的了。"

……

"是本瑟姆酒店吗？……能帮我接一下阿尔伯格先生的房间吗？切斯特·阿尔伯格先生……"马克把听筒放在下巴下，接着点燃了一支香烟，打往伦敦的长途电话很快就接通了。

"是切斯特吗？我是马克。听着……我……我有个坏消息要告诉你。你能听得清吗？听着，切斯特，约西亚已经死了……是的，死了。什么？……嗯，我是第一时间给你打电话的，他昨晚才被找到……是的，大约是在午夜时分。直到早上5点，他们才告诉我……就在地下室的那间旧更衣室里……我知道这个消息很糟糕……他被人枪杀了，尸体被塞进了储物柜……不，我们不知道，警察现在可能……是的，我正尝试联系父亲，可他在百慕大，我没有他的电话号码……如果你能预订到机票的话，今天就会飞回来吗？可以，好的。很好。"

马克从舌头上摘下一根烟丝，接着拨通了苏姬的电话。

"亲爱的，是我。我不能和你共进午餐了，我们这里发生了一件可怕的事。是约西亚。昨晚有人发现他死了。是枪杀的……不，不，不是自杀。放松点，苏姬，别那么激动，毕竟……他又不是你的爱人，是吗？你不必这么做……好了，亲爱的，我一有空就去找你。"

马克目不转睛地盯着窗外那些新乔治亚风格建筑上爬满的常春藤。他想，死亡会引起奇怪的反应：苏姬和切斯特都反应强烈，但压根儿没达到他预期的那种程度。他自己似乎也没有任何反应，也许他实在是冷酷无情……或者依然是惊魂未定。奇怪的是，他发现自己已经记不清约西亚活着的时候，自己对他是什么感觉了。他的脸微微抽搐了一下，伸手去拿桌子上今天的课程表，接着他意识到今天不可能像往常那样正常去上课了，于是又将课程表推到了一边。他又向窗外瞥了一眼，看见布雷迪警督那健壮的身影正大步朝院长的住处走去，身后还跟着两个大块头便衣。

……

自从牛津大学盖伊·福克斯之夜[①]中某些不光彩的插曲之后，依西杰·爱德华兹除了偶尔被交警开罚单外，再也没有和警察有过接触。他知道卡伯特大学霍桑学院的院长不像牛津大学校长那样享有近乎神圣的自主权，因此，看到布雷迪警督的行为举止文明、态度近乎恭敬，他松了一口气。眼前这个警督看起来很谦和，没有嚼口香糖，雪茄也没有叼在嘴上。

"我奉命接手贵校这个案件，"警督淡淡地笑着说道，"因为他们认为我不像我的有些同事那样粗鲁。"

此时此刻依西杰心中最关切的事是尽快恢复正常教学秩序，尽管他知道在这种时候问这些不太近人情，可他还是没忍住问出了口。他

---

① 盖伊·福克斯之夜（或篝火节之夜，Guy Fawkes Night），这是英国的传统节日，时间为每年的十一月五日。它是为了纪念"火药的阴谋"这个历史事件——天主教反叛分子密谋炸毁位于伦敦威斯敏斯特的英国国会大厦，但是密谋泄露了，一个卫兵发现了盖伊·福克斯，在严刑拷打下盖伊·福克斯招供了一切。——译者注

为自己的沉不住气感到恼火，便赶紧说些深感痛心的话来遮遮掩掩。

"警督，很高兴知道你正在展开调查。不过，你能否告诉我，我的学生们和老师们什么时候才能恢复正常的教学秩序？"

"当然可以，院长。但我手下的人必须搜查每间公寓以便寻找凶器，还要询问你学院里的部分人员。"布雷迪解释，他还说，搜查工作要先从死者的办公室开始，乃至其他各个地方。

"这两个人现在搜查你本人的住处，你应该不会介意吧？"

依西杰有点不知所措，但还是同意了，说道："不过，我不晓得，我妻子对这件事会怎么想。"

"谢谢。很快就会结束的。"布雷迪愉快地笑了，"在侦探小说中，凶手往往把枪藏在你认为最不可能的地方，对吧？"

布雷迪跟院长说，请他午餐后把学生们集合到餐厅里，便于他开展初步的一般性调查。

"真奇怪，"他皱着眉头问院长，"竟然没有人在阿尔伯格先生办公室的楼梯间听到枪声。"

"哦，这很好解释，"依西杰把奈杰尔关于开枪时间点的推论说了出来，然后补充道，"这不是我想到的，是斯特雷奇威先生告诉我的。"

"听起来很合理。这个斯特雷奇威是谁？是个业余犯罪学家吗？"

"算是吧。不过，他说他不想插手这件事。"

"谁想让他插手了？"布雷迪的语气里有一丝不快。

依西杰心想：至少我想。这起惨案打破了学院里一贯的宁静祥和，那些爬满常春藤的墙壁后面，似乎到处藏匿着杀人凶手。就像俗话说的那样，打开一座蚂蚁山，满眼都是慌乱奔逃的蚂蚁。

布雷迪坐在深蓝色的皮扶手座椅上，不动声色地看着院长："你一定想知道，我什么时候才会问你一个重要的问题吧？"

"这……我不明白你是什么意思。"

"阿尔伯格先生有什么仇人吗？学生们对他的评价如何？"

"哦，仇人什么的我可不敢说，警督。不过，他是一位受人尊敬的老师。"依西杰回答。

"每个人都很尊敬他吗？院长，你似乎有心事。你能跟我说说，最近都发生什么事了吗？他和同事们相处得好吗？"

于是，依西杰·爱德华兹把约翰·泰特剽窃的事情讲了一遍。

"不过，"他认真总结道，"相信我，约翰不会是凶手。虽说有时候他有点藐视权威，但他是个心地善良的好孩子。他已经被暂时开除了，我不信他会带着枪悄悄地来到这里……就算他可能在盛怒之下打约西亚，但是……"

"好了，好了，你扯远了。你有他现在的住址吗？另外，你这里有他的照片吗？"

"我的秘书会向你提供他近期的住址。还有一张合影，但我敢说他的姐姐对你会更有帮助。"依西杰按了一下桌子上的按钮，给秘书下了指示。

"阿尔伯格在私生活方面有没有什么麻烦，比如说，女人？"

院长镇定地看了看布雷迪，又快速地将目光从他那坚硬而聪明的脸上移开。"据我所知，当然没有。我们认为……我们一直认为，阿尔伯格先生是一个坚定的独身主义者。"

"那么，经济方面呢？比如谁会得到他的财产？"

依西杰对布雷迪警督的态度开始转变了。"这事你得问阿尔伯格先生的律师。"他冷冷地回答道。

"哦，我会的，我会的，院长。他在这所大学里有两个弟弟，对吧？"

"的确如此。"

"他们之间有没有家庭纠纷？"

"这一点我不清楚。你最好去问马克·阿尔伯格。"院长的眼神冷冰冰的：："毕竟第一手证据是最有价值的。"

"但也不一定都是真话。另一个弟弟呢？"

"你是说切斯特吗？他从上周四起就一直在英国，马克正在打电话叫他回来呢。"

"哦，我得走了，非常感谢你的配合。"布雷迪警督突然露出了胜利的笑容，"院长，你不愿意多谈，这一点我理解，没有谁喜欢大谈特谈友人的隐私。"

五分钟后，梅走进来时，依西杰正心不在焉地盯着一杯凉咖啡发呆。

"那帮人在楼上走来走去，究竟在干什么？"

"在找谋杀约西亚的凶器，那把枪。"

"哦，天哪！在这儿找吗？"

"亲爱的，对于凶案调查组的人来说，没有什么地方是不能涉足的禁地，就连院长的住处也是一样。"

"那帮报道犯罪事件的记者岂不是随时都会来采访我们?"

"我已经吩咐有相关经验的老师准备应付媒体了,只要他们先顺利通过布雷迪警督那一关,这位警督可不是个好对付的人物。我真希望奈杰尔能对这个案子感兴趣,"依西杰生气地继续说道,"可他居然说他要去睡觉了!"

"尽人事听天命吧。"

第四章

你最后一次见到你兄弟是什么时候？

同一天晚上，奈杰尔独自在一家餐馆用餐后，在门缝里发现了马克留下的一封信。他来到马克的房间，发现查尔斯·雷利已经在那里躺下了，身边还放着一杯威士忌。

"进来吧，"查尔斯热情地招呼道，"我们非常需要你来帮我们把这案子分析分析。"

"你听说警方进展了吗？"

马克发黄的皮肤上有一种病态的苍白。

"他们无法准确地给出结论，不过，他们似乎认定我哥哥去世的时间是在周四晚上或周五早上。"

"那就是在周四晚上了。"奈杰尔说。

"不管怎样,布雷迪警督午饭后让我们在大厅集合时,没人说周五早上见过约西亚。来杯波旁威士忌好吗,奈杰尔?"

"谢谢……会议还有什么其他进展吗?"奈杰尔漫不经心地问。

"你说得没错,的确如此。除了住在那里的人以外,布雷迪问当晚还有谁在约西亚的办公室门口附近——他好像已经询问过他们了。"

"是吗?"

马克喝了一大口酒:"一位年轻的小伙子布朗斯基,他说他看到我10点15分左右从那间办公室里出来。"

"是吗?"

"他是这么说的,所以说我倒霉了。"

雷利那双明亮的蓝眼睛紧盯着马克,奈杰尔什么也没说。

"嗯,你不打算问我这件事吗?"马克生气地说。

"这不关我的事。不过,如果你想谈谈的话……"

"我以为你对抓捕罪犯感兴趣呢。"马克的语气立刻变得暴躁而具有挑衅性。

"哎呀,你又不是罪犯,不是吗,马克?"奈杰尔温和地说。

"他们审查我的方式搞得我像罪犯一样,那个布雷迪手下的一个大块头今天下午花了一个小时检查我的衣服,就为了查找血迹。"

奈杰尔没有说话。

"他什么都没发现,而且我今天也没送任何东西去洗衣店,这一点有人可以作证。"马克的声音里有一种近乎歇斯底里的情绪。

"接着说吧，小伙子，把这个情况告诉他，"查尔斯说，"告诉他，他就是一个愚蠢的英国人。"

"我有一张约西亚的便条——打字机打出来的，上面还潦草地签着他的姓名首字母。上面说让我周四晚上10点15分到他的办公室去看他。我到了那里，敲了敲他的门，没人，我就离开了。就在他门前站了一小会儿，就一小会儿。"

"便条呢？不会撕了吧？"奈杰尔忍不住问道。

"是的，我撕了。我没有把那些碎纸留着。我为什么要这样呢？"

"那你担心什么呢？"

马克的嘴角抽动了一下："今天早上布雷迪询问我时，我没有告诉他这件事。我为什么要告诉他呢？我去办公室时，根本没听到或看到任何可疑的事情。"

查尔斯·雷利若有所思地撅起嘴唇："你犯了一个错误。"

"我知道，不过……"

"你能不能确定，"奈杰尔插嘴说，"食品小贩是什么时候到你哥哥的办公室门口的？"

"应该是10点08分。"

"所以说，你比他晚了七分钟。凶手要么在你出现之前就把尸体处理掉了，要么你敲门时他还在办公室。你当时为什么不自己进去呢？"

马克盯着奈杰尔："我没有钥匙，怎么进房间呢？"

奈杰尔一定注意到，马克昨天早上在约西亚·阿尔伯格的门外掏过他自己的口袋。不过，他回答说："我是说，你应该拧一下门把手。你应该想到，你哥哥在等你，所以他有没有可能没锁门呢？"

"你不了解我哥哥，"马克痛苦地说，"他不让我们窥探他的隐私。"

"他是个该死的家伙，没错，上帝保佑他安息吧。"查尔斯轻松地说道。

"唉，我不喜欢听你这么说。你不应该说这些！"

"这话伤不了他，马克。它只会伤害我，我就像一袋马蹄铁一样坚硬。"

"我挺喜欢他的，"奈杰尔说，"你为什么说他是个该死的家伙，查尔斯？"

"哦，马克和我说过，他们三个小时候，那家伙是怎么对待他和切斯特的。我可是全都听说了，更别提他在他们父亲面前说谎话的事了……"

"哦，这些我早都忘了。"马克说道。

"你没忘，马克。你可能已经原谅他了……那是另外一回事。原谅他是你的宽宏大量，但你忘记的那些事本身是不可原谅的。"

"噢，让你那道貌岸然的阴险逻辑推断见鬼去吧！"马克说，语气里却没有一丝怒气。这倒使得房间里已经形成的有些尴尬的气氛得到了缓和。

查尔斯·雷利对他们两个咧着嘴友好地笑了笑："抱歉，抱歉。美国人的问题在于，"他说，"他们不愿让步。要是碰巧什么事情使他们偏离了美好的预设轨道，他们又僵化得要命，就像被翻过来仰面朝天挣扎的甲虫一样无可奈何。但英国人根本不按照预设轨道做事，他们是浪漫主义者，他们一半时间都表现得像小丑一样，以此来掩饰他们的浪漫主义——你在听我说话吗，奈杰尔？你坐在那儿聋得像一条黑线鳕鱼……"

"我很欣赏你凯尔特式风格的混合隐喻。"

"这种混合隐喻就像所谓的爱尔兰公牛一样，象征着一种非凡的想象力。不过，随它去吧。我们要拿年轻的马克怎么办呢？"

"那能怎么办？"

"他哥哥死了，而且他也受到警方的怀疑。"

"他们一般不会指控无辜的人。"奈杰尔说。

"上帝保佑吧！"

"除了一个完全无关紧要的巧合之外，他们没有任何怀疑的理由……"奈杰尔耐心地说道。

"我可以加入你们的讨论吗？"马克问道。

"当然可以。"查尔斯滔滔不绝地说道，"马克要告诉我们的是，他有作案动机，因为他哥哥一旦不在了，他父亲死后，他会得到更多遗产。我是说，凶案调查组肯定会这么想。"

"是这样吗？"奈杰尔问。

"好吧，看在上帝的分上，奈杰尔，别像只便秘的猫头鹰那样，蹲在屋顶上只顾着大口喝别人的酒。这倒提醒我了，我的杯子好像也空了。谢谢你，马克。我刚才说什么来着？"

"你刚才说，马克有作案动机，切斯特应该也有。"

"不过，事情发生时，切斯特并不在英国。"马克抗议道。

奈杰尔几乎没听他说什么，自顾自地说："据我所知，还有其他很多人也有作案动机。那些学生、资深导师、院长、这位查尔斯，以及学院里……或者学院外……的任何老师，你们似乎都可以在白天或晚上的任何时间自由进出。在警方找到了确凿证据之前，我们什么也做不了。动机并不能作为确凿的证据。"

"但是动机，"查尔斯说，"肯定可以改变他们对具体证据的态度。有备无患嘛。"

"我认为这个提议没啥意义。"马克说。

"听着，小伙子，你得听着。要知道他们认为你有作案动机，我们就得如法炮制一些东西，以防布雷迪篡改证据。"

"难不成我们要炮制证据？"马克问，"哦，真的吗？不过，炮制什么证据呢？"

哦，天哪，奈杰尔想，让我走吧。学术圈的人太他妈的能言善辩了，脑子太活络了。这类人为了达到目的是不择手段的。他们说起话来出口成章，可做起事来个个又像有精神缺陷，布雷迪会如何看待他们呢？为什么查尔斯·雷利如此热衷于掺和这件事？出于对马克的感情？还是因为好奇心？又或者只是喜欢凑热闹而已？

这时，楼梯上传来一阵轻快的脚步声，门刚刚被敲响第一声，马克就打开了门。苏姬径直地冲了进来，一头撞进他的怀里，然后又挣脱出来，差点没把他推翻。

"他们在跟踪他！"她气喘吁吁地说。

"别紧张，亲爱的。跟踪谁呀？"

"当然是约翰。"她突然大哭起来，接着倒在椅子上。查尔斯目不转睛地看着她。

"你最好喝一杯，亲爱的。"他倒了一杯纯苏格兰威士忌。苏姬一饮而尽，然后把玻璃杯砰的一声放在她旁边的桌子上。

"他盯着我问了几个小时，那个自称叫布雷迪的可怕警督。问我最后一次见到约翰是什么时候？我上次是什么时候收到他的信的？我给他留了什么地址？"泪水在她的眼眶中闪闪发光，"谁告诉他约翰和你哥哥的事了？谁？我要杀了这个告密的叛徒！"她用尖锐的声音粗暴地喊道："自从父亲和卑鄙的麦卡锡有过节以来，他们就一直对我的家人怀恨在心。"

"听着，苏姬，约翰和约西亚之间的事注定会被掀出来的……"

"看来，是你向布雷迪告的密？"她的声音冷冰冰的。

"我当然没有告密。"马克苍白的脸涨得通红，"我回答我自己的事都讲不过来呢。"

"那你是怎么回答的？"奈杰尔轻声问道，而这似乎让这个过度紧张的女孩平静了下来。

"回答什么？"

"回答布雷迪的问题。"

奈杰尔似乎捕捉到了她看马克的目光。

"我好几个星期没见到约翰了，他们不许他回到卡伯特。我们通信也不多,我上次听说,他在匹兹堡一个糟糕的工厂里工作。"

"好吧,哎,你和约翰关系这么近,他都不写信,这也太遗憾了。"查尔斯·雷利说。

苏姬接着说道:"你知道吗,布雷迪从我桌上偷走了他的照片!"

"偷?"奈杰尔问。

"拿走的,从桌上抽走的,把照片带走了。"

"他肯定给你打了收条吧?"

"给了又怎样呢?我告诉他不要拿照片,他还是拿了。给我收条怎么了,纳粹分子去人家家里抢名画还给打收条了呢……"

"嘘,亲爱的。"查尔斯的声音像是刷了双层爱尔兰奶油,"我们中间有一个救星。这位是奈杰尔·斯特雷奇威,了不起的犯罪学家,他会将我们所有的麻烦化解掉的,别着急。"

"谁说的,我可没打算插手此事。"奈杰尔说。

"哎,你怎么能拒绝一个……"

"查尔斯,别给我装腔作势。"

"但是你会帮我们化解吗?你会的!"苏姬急切地抓住奈杰尔的胳膊。

"可这个……"奈杰尔抗议道。

"求你了!"马克说。

"孩子们,你们听好了!我对美国警察的办案习惯一无所知,我和这里的警察也没有任何关系,如果我插手……"

"你……"查尔斯插嘴说,"你想怎么做?"

"闭嘴！万一有点差池，可真是会流血的，不是吓唬你们。再说了，我和你们也不是很熟……"

"我来介绍一下……"查尔斯开始说道。

"我来这里还不到两个星期呢，而且我根本不想听你们那些狗屁倒灶的事情。无论如何……"

"哦，上帝保佑，奈杰尔。"女孩喊道。

"我一直想和苏姬谈谈，就明天中午吧。如果她能记住我还没有插手此事，而且她决定说出真相的话。谢谢你的酒水，马克。我要睡觉了，晚安。"

……

奈杰尔放下书，走到窗户前。他凝视着院子里的树木，树下的草地上有灰色的松鼠窜来窜去，鸽子正在觅食。一只蓝色的松鸡在他们中间溜达，不时发出刺耳的叫声，虽然它的颜色很好看，可叫声却令人感到不爽。头顶上，天空湛蓝湛蓝的，万里无云，一架飞往纽约的飞机滑过，留下了满天的噪音。

进入奈杰尔视野的还有一些警察，他们一人把着一个大门，站在那里交谈着。那些被允许正常上下课的学生们则背着帆布书包，从他们身边擦肩而过。他们看起来真年轻，奈杰尔心想：我还能像他们那样年轻吗？他们迈着坚定的步伐——既不像我们过去那样闲逛，也不像我们过去那样疯跑，享受着学习和工作之间的闲暇时光，他们正在认真地耕耘未来。那个女孩会出现吗？奈杰尔对此感到怀疑，心里想着：我想让她出现吗？谁知道呢？

不过，12点刚过五分钟，他就看到苏姬从马克房间的方向走了过来。她迈着美国女孩那种奇怪的、没有性别特征的长长的步伐，驱散了面前的那些鸽子和松鼠，丝毫不理会那只美丽的松鸡。

"对不起，我迟到了，"说着，她从肩上取下包，"我的导师找我。"

对了，马克·阿尔伯格是她那篇研究艾米莉·狄金森的论文指导老师。

苏姬坐在沙发上，柔软、娇小的身材，灰色的眼睛，长长的黑睫毛。她环顾四周："天哪，房间这么简朴啊！你应该向切斯特借一两张图画装饰一下。"

"我在这里只待几个星期，根本没必要装饰打扮这个地方。"

"你在伦敦的房子漂亮吗？"

"是的，早期佐治亚式风格，在格林尼治，泰晤士河附近。"

"但是你根本不在乎住在哪里，是吗？我想，你是一个更注重精神生活的人。"

"偶尔如此，"他笑着回答道，"像你一样。"

"哦。"她皱了皱眉头，手指在膝盖上摆弄着衣服的花边，系上又解开，"见到你，我有点紧张。"

"好了，那我们就长话短说吧。"

她停顿了一下，其间似乎是在试图鼓起勇气。

"切斯特回来了。"她终于说出了口。

"哦，是吗？"

"他今天一大早就飞回来了。马克说，他现在正睡觉呢，切斯特在飞机上睡不着。"

又是一阵沉默。

"要不要来点苦柠檬水?"奈杰尔问道,"每天这个时候加点杜松子酒喝,很不错的。"

苏姬点点头,奈杰尔便转身倒饮料,这时她突然问道:"你为什么说要是'她决定说出真相的话'?"

"苏姬,当然是因为你没说出真相。"为了不让她难堪,奈杰尔依旧背着身子。

"关于什么的真相?"她有点敷衍地反问。

"关于你弟弟的。"

"哦,你什么意思?"

奈杰尔转过身把杯子递给了她:"那个星期天在餐馆里,切斯特对你说,'告诉他下星期四去和约西亚谈谈'。你们谈论的是约翰,是吗?"

"天哪,你还记得那事呢?"她用一种脆弱的声音问道。

"可是你告诉布雷迪,你已经好几个星期没见到他了。"

"那个笨蛋!但我真没有见到他。"

"苏姬啊,苏姬!"

"不,我说的是真的。"

"你是说,他上个星期四来没见你吗?"

苏姬低下头,长长的黑睫毛垂下来遮住了她的眼睛:"我不知道我是否可以相信你……"她终于用一种痛苦的腔调开口了。

"但是你必须相信我，不是吗？"他温和地回答。

苏姬又抬起头来："我比世上任何人都更爱约翰。如果我背叛了他，即使是无意的，我也会自杀的。"

"你知道，其实我家也有一堆麻烦事，我也不是第一次和警察打交道了。我从来没有对警察隐瞒过任何事情——反正不会瞒得太久。但有时候我不得不与他们虚与委蛇，让他们接受我对事实的……解释。"

说到这里，她若有所思地看了奈杰尔很久，接着跳起来，双手紧握着站在椅子旁边，就像小学生向老师忏悔一样继续说："按照切斯特的建议，我写信给约翰，告诉他当晚来见约西亚·阿尔伯格。切斯特说，他会和他哥哥谈谈，并劝说他给约翰一个面谈的机会。我不知道约翰是不是来了，直到昨天早上，我一听到约西亚的消息，就给匹兹堡那边打了个电话，把所发生的事情都告诉他了。"

"他怎么说的？"

"他说，他去过阿尔伯格先生的办公室，但办公室门是锁着的，根本没见到教授，白花了旅费空跑一趟，后来他搭便车回去了。"

"这次面谈安排在什么时间？"

"哦，我忘了说，后来，切斯特对我说，他已经和约西亚商量好是那天晚上10点30分。所以我就打电话告诉约翰了……哦，我好害怕！我该怎么办，奈杰尔？"

"10点30分？这个时间很奇怪，不是吗？"

"是有点晚，但马克曾经对我说过一次，约西亚·阿尔伯格先生总是工作到深夜。"

"我猜，约翰这会儿可能跑路了。你知道，苏姬……我们会假定他是无辜的……他应该直接回到这里，向警方提供证据。他们迟早会抓住他的，逃跑只会害了他自己。"

"但是，我不知道他此刻在哪里，"她哭着说道，"而且他根本没带多少钱。"

奈杰尔重重地叹了口气："约翰跟你谈过剽窃事件吗？"

"当然谈过。"她的眼睛里闪着光："阿尔伯格剽窃了他的观点，然后约翰因为把这些想法写进自己的论文被开除了。约翰告诉过我……"她停了下来，以古代女人的姿势用手捂住了嘴。

"是吗？"

"不，没什么。"

"苏姬，不要隐瞒了。"

"唉，好吧，"她温顺地说道，"他告诉我，他想闯进阿尔伯格的办公室，把那个阴险狡诈之人的文章偷走。不过，他当然没那么做。这一年他都没有随意进入卡伯特的资格了。"

"但他上周四不还是来了？"

"那是因为有阿尔伯格先生的许可。"

"你怎么知道的？"

"我刚刚说了，切斯特说他哥哥同意了。我想，有必要的话，约西亚应该也会征求院长的意见。"

"好吧，听着，如果约翰真的和你联系上了，告诉他马上回来。

如果他是无辜的……"

"他是无辜的！"

"……他这是给大家添乱。"

"但是你会帮我的，奈杰尔，是不是？"她紧紧地盯着奈杰尔，灰色的双眼中充满了恳求的神情。

"我会尽我所能。"

"哦，上帝保佑你！"这个年轻的女人抓住奈杰尔的手，吻了一下手背，抓起她的包，匆匆地离开了房间。

……

事情也许就是这样，奈杰尔心想。大多数女性在紧急情况下都是优秀的女演员；有些甚至不需要紧急情况就能如此。那苏姬呢？时间会证明一切。她"比世上任何人都更爱"约翰？超过爱马克？我想是的。

奈杰尔淡蓝色的眼睛里流露出一种内疚的表情。总有人会被这种表情误导，从而致使自己精心构筑的一切坍塌。

此刻，他一门心思考虑着苏姬所讲的故事中两个奇怪的、含混不清的地方。首先，非常奇怪的是，约西亚·阿尔伯格竟然同意和一个因他而退学的前学生面谈。无论他或约翰哪一方有过错，面谈似乎都不太可能。如果说约西亚剽窃了约翰的观点，他根本不可能愿意去面对约翰；当然，除非约翰后来找到了某种手段或某种方法来胁迫他的老师。而假如实际上是约翰犯了剽窃罪，那约西亚似乎就更没有见他的理由了？

无论如何，根据苏姬的说法，请求面谈的不是约翰，而是切斯特安排的。为什么这么做？怎么做到的呢？他对约西亚有这么大的影响吗？如果说他曾经和那个男孩的姐姐关系亲密的话，现在他们之间的亲密关系已经不复存在了，那他还那么急于为女孩效劳吗？或许是为了重新赢得她的好感，好踢走她如今的恋人马克？这可不符合切斯特的性格，大家都知道。

那么，接下来就是时间的问题。假设约西亚是在10点08分左右，在食品小贩叫卖声的掩护下被枪杀的，假设马克和约翰都说了实话，分别是在10点15分和10点30分到达约西亚办公室的，再假设有第三个人枪杀了约西亚，然后安排另外两个人很快出现，让他们各自都沾上疑点——不，太多不确定的假设了。

尸体被移到更衣室这一疑点似乎指向了约翰：他就是那个需要争取时间、尽可能远离犯罪现场、虚构不在场证据的人。不过，苏姬昨天给约翰打电话时，他还在匹兹堡呢。一个罪犯肯定不会直接回到他的大本营吧？嗯，在尸体被发现之前，他可能会认为那里是安全的，他还得好好规划自己的支出。如果约翰或学院里的任何其他成员是凶手，那推迟发现尸体有什么好处呢？毕竟把尸体运到废弃更衣室这件事，本身就具有很大的风险。

有一种假设可能会让事情变得更糟，奈杰尔心想。那就是，A开枪打死了约西亚，并将他留在了房间里；B或C（马克或约翰）发现门没锁，走了进去，看到了尸体，然后慌乱之中，把尸体运到更衣室——一个没人看见，也没人会想到的地方。一个与约西亚当晚有约会的人嫌疑最大，这种恐惧可能会成为移尸的动机。马克销毁了约西亚的便条，对警方则绝口不提此事，如果不是一个学生看到他离开约西亚办公室门口的话，他可能永远不承认有这回事。

奈杰尔很清楚，所有这些都是没有真凭实据的推测。他又构思了另一个假设：假设 A 就是切斯特。他在约西亚的打字机上打印了一张便条，签上约西亚的姓名首字母，然后把它放进马克的邮箱，引得嫌疑犯 B 进入现场。然后他对苏姬说，他已经敲定了和约西亚的面谈——当然是假的，但可以让嫌疑犯 C 进入现场（苏姬厌恶约西亚，她不太可能去向他求证和她弟弟面谈这一消息）。切斯特随后飞往伦敦，在几千英里外用一把瞄准良好的太空枪在约西亚的头骨上钻了一个洞。

当然，这是不可能的。但是，我们怎么能知道，切斯特在案发前一天晚上确实飞往伦敦了呢？

第五章

"只有严实的嘴才能分辩"①

当天晚上,奈杰尔的一个疑问得到了解答。冒险去大厅准备吃饭(他马上就后悔了),刚好碰到切斯特和马克正要外出。

"你回来了。我必须告诉你,我对你哥哥的死感到非常难过。"他情不自禁地对切斯特说了这番话。

"非常感谢你的这番话,对我们和卡伯特大学来说,这都是巨大的损失,令人震惊的损失。"

---

① 出自艾米丽·狄金森的诗《How many times these low feet staggered》.

"的确令人震惊。我想知道,你和马克稍后是否可以过来和我一起喝一杯,比如说,10点钟。"

……

兄弟俩带着酒——奈杰尔确信,这绝不是马克今晚的第一顿酒——并排坐在绿色沙发上。切斯特双眼还显得有些阴沉,他五官紧绷,脸色苍白。

"恐怕你是打断了你的英国之旅,提前回来的。"奈杰尔说。

"嗯,但幸运的是,也没有影响什么。我们的会议已经结束了,只有一点私人事务需要处理,而这可以通过信件来完成。现在我们必须得安排葬礼。"

"一项痛苦的任务。"

切斯特低下了头。

"我希望父亲能及时赶到这里,我终于联系上他了。"马克说。

"对他这样上了年纪的人而言,这将会是一场痛苦的折磨。"

"那是啊,切斯特。你想,他得眼睁睁地看着自己的宝贝儿子被埋进土里。"

切斯特给了他弟弟一个吃惊的眼神:"不是那么简单的,仪式会比你说的庄严得多,已经确定了,卡伯特大学的校长和各学院院长都会出席。"

"有这个必要吗?这么大阵仗。这对约西亚来说倒是个莫大的安慰了。"

"马克,别太刻薄了。这对我们没有任何好处。"

马克耸了耸肩,带着讽刺的神情看了他哥哥一眼。奈杰尔直到现在才感觉到,身着整洁深色西装、面色阴沉的切斯特拥有一种权威,或者至少是一种决断力。

"你有没有推测出来,是谁干了这件可怕的事?"他问奈杰尔,"马克告诉我,你以前在刑事调查方面有不少经验。"

奈杰尔微微一笑,切斯特就像是面试官在面试某公司的小主管一样,挺有意思的。

"推理的工作还是留给布雷迪警督吧。你见过他了吗?"

"老切斯特和他一起共过事,"马克装腔作势地说道,"布雷迪一直在追查切斯特的不在场证明。好吧,你没必要看着那么闷闷不乐。我一直不让他找你,让你好好睡觉,不是吗,切斯特?"

"是的,是的。但我不喜欢谈论不在场证明这个话题。"

"我还以为你喜欢呢。你不在……那个词怎么说来着?犯罪现场,没错,就是这个词,我也不在犯罪现场。据说,布雷迪怀疑你安排了一个替身去英国,而你则留在这里……"

"马克,你就不能严肃点吗?当然,布雷迪应该核查我在英国的行踪。他会发现一切和我所说的没有任何出入。"

"好吧,"马克停顿了一下说,"这不会是你和布雷迪之间乏味枯燥的秘密吧,是不是?看在奈杰尔的分上,你把说过的话再重复一遍。"

"这有什么不可以的?我不知道你还对这个感兴趣。我是上周三晚上飞过去的,直接去了机场旅馆,在那里订了一个房间,就为了好好地补眠。我不太习惯坐飞机旅行,奈杰尔,你可能不知道,我在飞机上根本睡不着。所以我下飞机后服用了强力镇静剂,并在门上挂上了'请勿打扰'的牌子,我要参加的第一个会议是在周五下午,所以我有足够的时间好好睡一觉。从周五下午到周一,我们一直在开会,我的日记里都有记录,还有组织者的姓名和地址,我也都提供给警方了,布雷迪正在对他们例行调查呢。周二一大早,我接到马克的电话,才知道约西亚出事了。"

"你当时是不是很紧张?"马克问道,他的声音开始含糊起来,"我怎么不早点和你联系呢!天哪,老兄,那天午夜过后,我们已经被布雷迪纠缠好几个小时了。可不止你一个人睡不好要补眠。"

"是啊是啊,不过,我当时哪能知道这些呢。"

马克拿着波旁威士忌一阵猛灌,有些酒都洒到领带上了,他便开始用一块丝绸手帕轻轻擦拭,然后他抬起头警觉地看了看奈杰尔:"如果可以的话,把不在场证明说给我们听听!你笑什么?私家侦探微笑时,鳄鱼是不会流泪的。奈杰尔,你觉得鳄鱼怎么样?鳄鱼皮包很不错,我个人很喜欢。苏姬,亲爱的苏姬,我要是有钱了,就给她买一个鳄鱼皮包。"

"颠三倒四的,你赶紧去睡觉吧。"切斯特强压着声音说。

"如果你们不介意,我当然愿意去睡觉。"马克晃晃悠悠地站起来说,"可怜的老约西亚。'短暂的潜在刺激/每个人只能做一次'……他还真做到了。他现在做什么呢……一个温和的复活者?……谁知道呢?晚安,奈杰尔,晚安,切斯特,晚安,女士们。'疲惫双脚多少次步履蹒跚/只有严实的嘴才能分辩。'我们都会知道的。"

马克摇摇晃晃地走到门口，大伙听到他的脚步跟跟跄跄地走下石阶。切斯特抱歉地瞥了奈杰尔一眼："约西亚的事对他打击很大，他只是嘴上不愿意承认。"

奈杰尔走到窗前，打开窗帘向外望去。一弯新月下，马克正在球场上歪歪斜斜地走着。

"这么美好的夜晚，我们到河边散散步吧。"

"你不会累吗？"

"我很愿意出去走走。"

两个人沿着一条街道往前走，街道上有许多雅致的木屋在月光下闪闪发光，接着他们向左拐去。卡伯特桥就在前面几百码[①]的地方。一辆老爷车从他们身边疾驰而过，一帮男孩和女孩像鸟笼子里的鸟一样蹲坐在车上。

"晚上在河边走的时候要小心，最近发生了几起抢劫案。"切斯特有点紧张地说。

"趁马克不在，我想问你一些事。他和约西亚有过节吗？"

切斯特的回话硬邦邦的："我不太愿意讨论这个话题。"

"你要明白，马克可能有点麻烦。如果想让我帮他还有苏姬的话，那我总要先揣摩一下，警察可能会对他提出什么样的指控。"

切斯特沉默了一会儿："好吧，这样的话，那倒也不算是搬弄是非……约西亚对他有点苛刻……我想，他对我们两个都是这样。母亲

[①] 码：英制长度单位，1码等于3英尺，约为0.9144米。

去世后,父亲经常不在家,那时我和马克只有十来岁,约西亚是大哥,在家里就是长兄如父那一套。他常常教训我们,而马克又不是那种服管教的人。所以,当他发现自己那一套对马克无效时,约西亚——也许我不该这么说——就在父亲面前说了不少坏话。那些日子里他对马克真的太苛刻了,马克无非就是搞些孩子气的恶作剧……我不想让别人再误会马克了,他真的只是淘气,仅此而已。"

"但是你父亲却威胁说,要把他从遗嘱中除名,不是吗?"

"你是怎么知道的?"

"学术圈里也一样有人搬弄是非。"

两人斜靠在卡伯特桥的护栏上,河水在他们的下方被分裂成一道道光影,大学的船屋酒店在他们左边的天际线上变成了一个黑黢黢的小圆丘。

"说个有趣的事情,马克大四的时候打了一个人,就在这里把那人扔下了桥。"

"孩子气的恶作剧?"

"哦,不是那样的,相信我,"切斯特严肃地回答道,"那个人是个毒贩,向学生兜售海洛因和大麻,你知道的,印度大麻。"

"我们的老朋友,护城河田庄的印度大麻。"

切斯特礼貌地笑了笑:"马克说,这个人害惨了马克的一位朋友,让他染上了毒瘾。"

"哦,这么说来,马克干得漂亮。"

"可父亲却不这么认为,当时那个人威胁要把这件事捅出去。哦,他说马克也在他那买过毒品。我猜这就是讹诈，他知道我们父亲是个有钱人，以为父亲肯定会破财消灾，避免马克陷入吸毒的丑闻。"

"那他给钱了吗？"

"你不了解我们那位父亲！他没给钱，反而对马克的所作所为大为光火。他已经想方设法避开媒体了，可还是有些八卦小报的记者知道了这件事，开始大做文章。"

"我明白了，那这件事和约西亚到底有没有关系？"

切斯特没有作答，接着慢慢说道："我也没有第一手消息，当时的家庭会议我也没在场。不过，马克后来告诉过我，说约西亚不是站他那边的，事实上，他相信毒贩的说法，而不相信马克的辩解。"

"所以，约西亚也是这么和你们的父亲说的？"

"他完全做得出的。不过，不管他怎么说，我想父亲也不会相信马克会吸毒。父亲最大的不安是马克醉酒和人打架。他听说，马克当时是喝到烂醉去殴打那个毒贩的，他自己就曾经醉酒闯祸，所以对这种事极为敏感。"

"是吗？"奈杰尔耐心地询问。

"他的第一任妻子死于车祸，而当时开车的父亲，就是喝醉的状态。"

水哗啦啦地打在桥墩上，一阵风吹过，岸边的梧桐树沙沙作响。

"那你呢？"

"我？"

"约西亚是不是也想让你和父亲闹僵呢？"

"相比之下，我是很温顺的孩子。不像马克，他无法忍受规矩的约束……哎，我就是任凭风暴起，我自闲庭信步。我说的是我们青少年时期，你懂的。坦白地说，我不惹祸，父亲也总是忽视我，从没给过我什么有价值的东西。因此对于约西亚来说，我毫无竞争力，所以他大部分时间都不理我。"

"竞争什么？"

"哦，我不知道，父亲的偏爱？"切斯特不安地说，"而约西亚是一个野心勃勃的家伙。"

野心勃勃到去盗取一个学生的荣誉吗？奈杰尔有点纳闷，不过他没有立即提出这个问题。

当他们漫步回到霍桑学院时，奈杰尔问切斯特是否有他哥哥办公室的钥匙。

"没有。不过，我没太明白你是什么意思。"

"每个房间不都有一把备用钥匙放在管理员房间吗？"

"是这样的。"

"如果约西亚约了人，在办公室等待的话，他通常会打开锁着的门闩，让那家伙进来吗？"

"有时候可能这样。我想说，一般来说是不会的。"

"那天晚上他好像在等两个人。"

"两个人？"

"其中有一个人是马克。"

"哦，当然，另一个是约翰·泰特，差点忘了。"

"你是怎么让他同意给泰特一次面谈机会的？"

从街灯下经过时，切斯特的表情看上去显得有些困惑。他被崎岖不平的人行道绊了一个趔趄，抓住奈杰尔的手臂后才站稳当。

"噢，是苏姬说服我，让我牵个线。其实这种事，我并不乐意掺和进来。哦，这可不完全是欺骗，但我确实跟约西亚说，约翰对那件事感到懊悔，希望能重回霍桑学院，而且希望约西亚能给他安排一些任务。"

"你哥哥对此有什么反应？"

"尽管他对此很不情愿，可还是同意了。"

"他竟然同意了，真让人吃惊，不是吗？"

"我确实很吃惊。你知道，那以后，我想到的是，约西亚可能怀疑约翰发现了一些对他不利的新证据，或许他只是想搞清楚到底是什么证据罢了。"

"这么说来，你认为你哥哥剽窃了约翰的学术观点？"

"不，不，我没那么说。"切斯特抗议道。

"那么他的死会不会使你良心不安呢？"

"你在说什么？你这话是什么意思！我……"

"我是说，你安排他和那个很可能是凶手的人会面了。"

切斯特的愤怒消失了，他颤抖的笑声中带着些许抗拒："坦白说，奈杰尔，我不否认，我有那么一两次非常的懊悔和惭愧，但我不相信苏姬的弟弟会做出这种事。"

"假如他面对的是一个毁了自己学业和前程的人呢？"

"他的前程并没有被毁掉，只是受阻罢了。他不是那种人，我宁

75

愿相信凶手是马克。"

"没错,"奈杰尔直截了当地说,"马克似乎是另一个最有可能的嫌疑人。"

……

第二天早上,奈杰尔穿衣服时,脑海里一直思考着前一天晚上的谈话。看起来,马克对他们哥哥的死似乎比切斯特反应更强烈。当然,这可能是因为他喝多了,不过奈杰尔对此表示怀疑。切斯特则是另一种状态,虽然在他们散步的时候切斯特吐露了不少实情,但他还是有所保留的,在一两个问题上他始终闪烁其辞。他的性格有些脆弱,他似乎小心翼翼地保持着自己的个性,好像那是个珍贵易碎的花瓶。回想起相识第一天时切斯特开车的样子,奈杰尔觉得切斯特的反应是合乎他本人的性格逻辑的。马克性格狂放,有点逃避现实,感情上也不成熟(毫无疑问,挑剔的约西亚经常对他大发雷霆),还时常在公共场合控制不了自己的情绪。在这三个人中,约西亚才是真正的谜:他雄心勃勃,是父亲的最爱,脾气暴躁,爱挖苦人,对他的弟弟们颐指气使,对女人不感兴趣,但又不是同性恋,烟瘾很大——奈杰尔知道,他并不是一个有条理的人。现在他再也找不到第一手证据了:这是一件麻烦事,因为受害者的性格往往是追查凶手的重大线索。

比方说,是什么让他去跟他父亲搬弄是非(如果他这么做了的话),或者是什么让他在殴打毒贩这件事上对马克表现出敌意(如果他表现出敌意的话)?是出于个人厌恶呢?还是出于作为长子的责任感呢?抑或是纯粹的恶意呢?毕竟,他已经是父亲最爱的长子,为什么还要做这些小动作呢？

奈杰尔靠近餐厅时，看到一群学生聚集在餐厅和大堂的隔墙周围。马上就要举行学生会的选举了，墙上钉着不同候选人的竞选宣言，有些宣言写得比较真诚，有些则相当敷衍。

奈杰尔朝隔墙走过来时，这群年轻人礼貌地给他让路，向他问好，并且偷偷地看着他的脸。

正中间是一件昨天肯定没有出现过的东西——一张巨大而引人注目的蒙太奇照片做的海报。那是一张从学院的集体照中抠出来并放大了的切斯特·阿尔伯格的照片，脸上带着焦虑的表情。他的膝盖上放着一张显然是从《花花公子》杂志上剪下来的插图，一个赤裸的红发女郎以一种肆意放荡的姿势躺着，在切斯特面前高高抬起她那对巨大的乳房，好像在邀请他吮吸一般。图片下方用黑色蜡笔写着一行大写字母：

投我一票！我主张自由选举、自由思想和自由恋爱。

"好了，好了。"奈杰尔一边说着一边思忖着这是否超出了这个学院所能容忍的民主范围。人群中有人说："我不知道阿尔伯格也参与竞选了？"马上有人接茬道："不管怎样，我猜他是有支持率的。"但奈杰尔周围的学生似乎和奈杰尔一样，他们没觉得有趣，只觉得震惊。

最后，一名毕业生冲破人群，厌恶地大叫了一声，把那海报从隔墙上撕了下来，然后把它带走了。

"这是个教会激进分子。"

"他叫塞勒斯,是卡伯特大学浸信会联盟的主席。"有人向奈杰尔解释道。

"那个塞勒斯是谁不重要,不过,有谁知道这张海报是谁做的吗?"待大家都坐下吃早餐了,奈杰尔开始问身边的学生们。

大家面面相觑。

"看起来切斯特·阿尔伯格在学院里不太受欢迎?"

"不太受欢迎,斯特雷奇威先生,"一个脸色红润的年轻人说,"至少肯定有人对他怀恨在心。"

"这种类似的事情之前也发生过吗?"

"是的。刚开学时,有一天我正在开邮箱拿邮件,他也过来开他的邮箱。他把手伸进去……嗯,他摸到了一个很恶心的东西。"这个年轻人停顿了一下,脸涨得通红。

"他摸到了一坨屎!"年轻人身边的另一个学生干脆地说了出来。

"而且查不出来是谁干的……"

"到现在也没查出来。"

"嗯,一定是个知道阿尔伯格先生邮箱密码的人,也不知道这么坑害这位高级教师有什么好处。"另一个男孩说。

学院的每个成员都有一个信箱,把信箱上方的双指针转到指向特定的数字组合(就像保险柜一样)时,就可以打开信箱。

奈杰尔心想,看来切斯特是对的,他没有被迫害妄想症,他确实是被迫害的,而且是以一种特别令人不快的方式。

早餐后,他发现院长在书房里,面前的桌子上放着那张切斯特和裸女的海报:"你看看这个。"

"我已经看过了,依西杰。"

"我们的一个宗教激进分子刚才闯进来了,向我抗议说,这件事降低了学院的格调,说我对学生们太过纵容,也许确实如此。"院长咧嘴笑了笑,"这是一个有趣的想法,"他瞥了一眼海报说,"不过,我怀疑这些根本就不会引起切斯特的注意,除非有一些可供锻炼推理能力的东西给到这位教授。"

"就像信箱里的那种东西?"奈杰尔问。

"啊哈!你开始关心我们的麻烦了,奈杰尔。我就知道你不会一直置之不理的。"

"依西杰,如果约西亚同意在这里和约翰·泰特面谈的话,他必须要先征得你的同意吗?"

"理论上来说,是这样的。对于任何被暂令停学的学生都是如此。实际上,他可能不会这样做,约西亚有一套自己的规则,可怜的家伙。但是……"

"他死的那天晚上显然是同意见他的。"

"哦,天哪!"

"约西亚从没跟你提起过吗?"

"他当然没有。"

"如果他跟你提过,你会是什么态度呢?"

"我会建议他,一定要确保有第三个人在场。"院长说。

"防止他们两个之间发生暴力冲突?"

"不,不是那样的。约翰只不过爱吹嘘,但如果你批评他信口开河,他会有所收敛的。"

"但在指控约西亚窃取他的观点后,他并没有收敛,这是不是表明他并不是信口开河?"

院长从椅子上站起身来,走到落地窗前,背对着奈杰尔站在那里向外看。

"我明白,那是很久以前的事情了。一想到我们可能严重错怪了约翰,我心里就很不痛快。但在当时,奈杰尔,谁也不敢相信堂堂卡伯特大学的教授竟然能……"

这时有人敲门,布雷迪警督进来了。

"你是来告诉我们案情进展的吗?"依西杰愉快地问。

"准确地说,没有什么进展,爱德华兹先生。我们已经搜遍了这里的每个房间,还是没有找到凶器。"

"这是不是就可以证明凶手来自校外呢?"

"恐怕还不能这么说。凶手有几天的时间来处理作案工具。我们正用最新的仪器设备来确认他是不是把凶器扔进河里了。但是这个城市里可供他藏凶器的地方就太多了,多如牛毛。我们给约翰·泰特打了电话,就是他在匹兹堡的那个住址,不过房东说他从凶杀案发生的前一天就不在那里了。我已经联系了你们苏格兰场的高层,斯特雷奇威先生,他们正在调查切斯特·阿尔伯格先生的供词。我也调查过你,他们给我讲了你的很多事情,非常高兴能得到你的配合。"

哦，天哪，奈杰尔心想。他说道："太好了……我对你们在这里的工作方法很感兴趣，不过我的研究工作一直很忙……"

"你昨天上午和泰特小姐交谈有什么进展吗？"布雷迪问。

"天哪，警督，你消息真灵通啊！"

"我爸爸过去常说，'在水里不快点游，就会沉下去'。你给我说说泰特小姐的事吧。"

"我非得说吗？好吧，看来她是说动了切斯特牵线，这才安排她弟弟去和阿尔伯格教授面谈的。她打电话给约翰，说面谈已经安排好了，上周四晚上10点30分，她自己并没有和他见面，这就是她给我说的一切。"

"到此为止，我明白了。所以下次我见到那个年轻女人时，她一定会很不高兴的。"布雷迪的绿眼睛锐利地盯着奈杰尔，"她有没有想过雇你来保护她的弟弟，免得被残暴的警察抓住？"

奈杰尔笑了："还没谈报酬呢。"

"我会多加关照的，她们全家人都是左倾分子，而她是其中最左的那一个。"

奈杰尔没接茬，布雷迪则步步紧逼："有关约翰·泰特面谈的情况，你已经了解一段时间了，斯特雷奇威先生。"

"我了解到的都说了，而且你已经在抓他了不是吗，我了解到的这些并不能帮你快点找到他。"

"你们两个要互相置气的话，那我就到另一个房间去工作了。"依西杰和蔼可亲地笑着说。

"没有置气,我想和梅说几句话。"奈杰尔说。

"她在的,你去客厅找找看。"

"保持联系,警督。"

"再会。"

布雷迪看着奈杰尔走了出去,脸上的表情就像一条狗被夺走了一块大骨头一般。

梅·爱德华兹正在她的书桌前写信:"把美国邮票贴在信封上的秘诀是,不要舔太多下。我刚到这里时,怎么也贴不好邮票,后来花了一年的时间和大量的唾液才掌握了这个小技巧。"梅坐在椅子上转身对着走进来的奈杰尔,问道,"找我有事吗?"

"能跟我聊聊约翰·泰特吗?你对这个人了解多少?"

"好吧,奈杰尔,你可能已经注意到,我不是那种慈祥妈妈式的人,他自然也不会来找我解决什么麻烦事。但和他聊天还是挺有趣的,这孩子表面上相当成熟,但真正了解他之后,就会发现他像大多数年轻人一样,相当天真。"

"他是布雷迪所说的左翼分子吗?"

"哦,我不知道,他是关心政治,看起来相当激进。我知道,依西杰担任五月第二委员会秘书时,约翰时常要过来做一些汇报。"

"依西杰对他怎么样?"

"我看见他从依西杰的书房里出来,看起来像个被老师狠狠批评了的孩子,非常沮丧,满脸困惑。"

"恶语伤人六月寒?"

"他在遇到阻力的时候很容易屈服,别忘了,依西杰确实是个厉害的角色。我得说,约翰和他姐姐一样有堂吉诃德式的冲动,但缺乏毅力。"

"那他的家人呢?"

"他父母很多年前离婚了,我想从那以后约翰就很少见到他母亲了。苏姬长姐如母,姐弟关系非常亲密。"

"你见过他们的父亲吗?"

"让我想想,是的,我见过一次。当然,有人听说过他。我想,他是一个精神不太健全的人。我知道他很聪明,但可能和那些好莱坞的人一样,他有一半时间生活在幻想世界里,或者,我猜他在遇到麦卡锡的麻烦之前就这样了。"

"这毁了他的事业?"奈杰尔问。

"嗯,我想是这样的。他放弃了他的事业,或者说他像个兔子一样躲进了洞里,退圈以求自保。听人说,他还举报了他的一些自由派朋友。"

"这并没有改善他和他两个孩子之间的关系。"

"没有。年轻人对别人的缺点都很苛刻,而对自身的问题视而不见。"梅非常坦率地看了奈杰尔一眼,"警察在追捕约翰吗?"

"是的。给我说说,梅,你认为是他剽窃了约西亚的论文,还是约西亚剽窃了他的观点?"

梅·爱德华兹转动着她那瘦骨嶙峋的手指上的戒指:"要是我能知道真相就好了,我也不知道到底谁犯了错。关键是现在他人在哪儿呢?"

"我想,其实你已经告诉我了。"奈杰尔说。

第六章

失踪的剽窃者

奈杰尔回到自己的房间,拨通了苏姬的电话,电话没人接。他坐下来正看书时,听见楼下的院子里有人喊他。他打开窗户,那个看起来心烦意乱的切斯特·阿尔伯格和查尔斯·雷利就站在院子里。

"我昨晚把护照落在你房间了吗?"切斯特问,"我找不到了。"

"我没见到啊,要不你自己上来找找。"

切斯特翻遍了沙发的角落和扶手椅的两侧,还是没有找到。

"我就是不知道在哪里……"

"你最后一次看到它是什么时候?"

"嗯，在机场出示完后，我就把它放进我的防水口袋里了。直到今天早上才发现丢了，我在房间里都找遍了。"

"急着找护照干吗呢？"查尔斯开玩笑说，"你不会是要逃离这个国家吧？"

"别扯了，这太可笑了，我从来没有丢过护照。"

"我敢说它是从你口袋里滑掉的，出租车司机会把它还回来的。这种证件除了主人之外，它对任何人都没有用处。不管怎样，你还可以再补办一个。"

"这不是重点，查尔斯……"

"你回来后还去过别的什么地方吗？"奈杰尔打断他，问道。

"我直接把行李搬到我的房间了，"切斯特慢慢地说道，"那……我接下来做什么了？……哦，对了，当然，我去找过马克。我们问问他去。"

马克家正好有学生在，因此他对他们的翻箱倒柜很不开心。

"哦，继续找吧，反正这地方已经乱七八糟了。先是警察，现在是你们。"他疲惫地说着。切斯特四处寻找，他摸了摸椅子的两侧，瞅了瞅桌子的下方，翻了翻边桌上的报纸。奈杰尔注意到，切斯特的最后一个动作把一本《花花公子》杂志翻腾了出来，但切斯特没有注意，自顾自匆忙走进卧室去翻找，查尔斯·雷利则紧跟其后。

"他要那该死的护照干什么？"马克一边嘟囔着，一边转向他的学生。

奈杰尔漫不经心地翻了翻那本《花花公子》，发现其中有一页被撕掉了。奈杰尔在脑子里记下了页码和杂志的发行日期。不一会儿，切斯特和查尔斯空着手又从卧室走出来。

"淡定一点吧，"查尔斯说，"总归会找到的，至少在你下一次起飞之前肯定能找到。你们美国人总是焦急地想去一个你们不想去的地方，这是环游世界综合征。只有一本护照是最宝贵的，那就是通往天堂的护照。"

"马克，非常抱歉……"

"说真的，切斯特，如果我找到了那个该死的护照，我会告诉你的。现在，看在上帝的分上，赶紧滚蛋。还有什么事吗？"

他们来到切斯特的房间。奈杰尔之前从未去过，他发现这里与马克的房间正好相反——整洁得无可挑剔，家具像列队的士兵一样整齐摆放着，书籍不仅编了序号，而且按照字母的顺序从左到右排列着，壁炉里正燃烧着明亮的火焰。墙上挂着一些精美的版画，还有两幅19世纪早期美国大师的作品。

"你觉得约西亚有去天堂的护照吗？"奈杰尔一边看着书，一边漫不经心地问查尔斯。切斯特则正在隔壁房间煮咖啡。

"据我所知，他要是能到炼狱，都算是撞了大运。"查尔斯说。

"我得说，查尔斯，这是一句很好的基督教评论。"

"这是真理。"

"比起那些关于天堂护照的陈词滥调，你这个说法更具特色。"奈杰尔喃喃地说着。当他从摆满金融家和实业巨头传记的书架旁转过身时，他看到查尔斯·雷利红润的脸阴沉了下来。

"你这个该死的、无动于衷的英国人，即便真相戳进你的眼睛，你都视而不见，为了证明我的观点，我恨不得真的这么做。"

奈杰尔摇了摇头："抱歉，这个学院里的麻烦事已经够多了，咱们两位老绅士就别再吵了。不过，你个人对约西亚有怨恨吗？"

"没有。"查尔斯的舌头在他那厚厚的嘴唇之间舒展开来，这是一种奇怪的举止，每当他紧张或即将发表意见时，他都会这样，不过，他只是补充了一句，"我只是不喜欢那个家伙。"

虽说奈杰尔知道自己触及了一个关键点，可他并没有追问下去。我为什么要开始刺激查尔斯呢？他感到诧异。

……

半小时后，他给苏姬打电话时，苏姬正好在家："我现在可以来看你吗？"他问道。

"到我这里吗？"

"是的。"

一个短暂的停顿过后，她说："好吧，来吃午饭吧，我给你做个煎蛋饼。"

苏姬告诉他如何找到她的公寓。她在镇上一个破旧的地段有一间破旧的木屋。走在这个白人和黑人混居的区，孩子们在屋前的人行道上玩耍，房门口堆满了空纸板箱子，楼梯的墙壁上到处是潮湿的污渍。苏姬的客厅也像许多学生公寓里那样凌乱：地板上散落着书籍、小册子和垫子，餐桌也是匆忙中清理出来以备吃饭用的，而那些曾是猩红色的窗帘已经朽烂不堪。在这个简陋、邋遢的窝里，苏姬以近乎不可思议的超凡脱俗的形象脱颖而出：一件深蓝色的运动衫和一条浅黄色的裙子，衬托出她小巧玲珑的身材，她的脸上虽然有一些飘忽不定的表情，却像山茶花一样明亮。像是阿尔忒弥斯[①]，他想。不，应该是维吉尔的少女战士卡米拉。

"他们找到约翰了吗？"苏姬一见面就开腔问道。

"还没有。"

"哦，那……你要来点杜本内酒吗？"

"那太好了。"

她从橱柜里拿出一个黏糊糊的瓶子和两个玻璃杯："你其实喜欢杜松子酒加点苦柠檬，是吧？"她有点不好意思地说，"不过我没有时间去买。"

"你的艾米丽·狄金森怎么样了？"

"明知故问！"

奈杰尔喝了一小口饮料，他那双淡蓝色的眼睛注视着她，既没有狡诈的神情，也没有施加压力："苏姬，我真希望你能告诉我真相。"

"可我……"

"不，不，亲爱的，不要让事情变得更糟。你曾告诉我，你一听到约西亚的死讯就给匹兹堡的约翰打了电话，"奈杰尔温和地说，"你告诉我他回答了你的问题，还描述了他是如何来到约西亚的办公室，发现办公室是锁着的。"

[①] 阿尔忒弥斯：古希腊神话中月亮女神，是太阳神阿波罗的孪生姐姐。

"是的，他真的是这么做的。"

"也许他的确是这样做的，不过，你从来没有和他通过电话。布雷迪打电话给他在匹兹堡的女房东，她说从那个星期四起他就不在家了。"

苏姬的黑睫毛遮住了她的眼睛："好吧，我的电话打到了他的工作地点，不是他的家。"

"他也没在工厂。"

她皱了皱眉："我还以为你会帮我呢！"她孩子气地哭了起来。

"我当然在帮你。但是如果你不告诉我真相，我又能怎么办呢？"

"对不起，奈杰尔，但我知道你会把我告诉你的话都传给布雷迪，我只是想干扰一下警察的视线。"

"你以为你在干什么？在做警察抓小偷的游戏吗？这根本不是你能玩的游戏！警察手里有你给他拍的照片，他们一定会很快抓到他的。我告诉过你，他应该做的是……"

"那张照片上他留着胡子，可他已经把胡子刮掉了。"她语气中带有几分得意。

"这样他就可以进入霍桑学院而不被人认出来了，是吧？"

"我从来没……"

"噢，苏姬，你是个善于装傻的聪明女孩，好像这一把你赢了。可你难道没想到，布雷迪会让人把那张照片上的胡子擦掉吗？"

"那就让他们找到他，就这样……让他们去找他吧！"苏姬挑衅地叫道。

"他到底在哪儿？"

苏姬那双灰色的眼睛盯着奈杰尔，一副天真无邪的样子说："我怎么知道？"

奈杰尔叹了口气："好吧，你还是去给我们做煎蛋卷吧……别忘了给约翰也做一个。"苏姬走到门口时，他又唠叨了一句。

苏姬警觉地转过身问："你刚才说什么来着？"

"把约翰叫出来一起吃吧，我该和他谈谈了。"

"你疯了吗？"

"他就在这儿，我知道，就在这栋房子里。"奈杰尔看到她的眼睛向上瞟了一眼，便顺势说，"你就把他藏在楼上。"

"你疯了，奈杰尔，你想干什么？"

"听我说，苏姬，事情是这样的：上周四晚上，约翰去了霍桑学院，结果发现约西亚死在了办公室里，惊慌失措之下，他便想办法把尸体移走藏了起来，接下来发生的事情大家都知道了。约翰就是这样的性格，一旦有重大的危机事件发生，他没有承担的勇气，而是选择逃避，像个兔子一样躲进了洞里。"奈杰尔借用了梅·爱德华兹的说法，"他虽然看起来是个大人了，但本性天真，还是个孩子，遇到了麻烦，他就要去找妈妈。对，苏姬，他来找你了，你对于他来说，既是姐姐又是妈妈。遇到了这么大的事，他必须跑到妈妈的怀里，趴在妈妈的腿上哭诉才行。"奈杰尔说着，甚至有意措辞粗鲁了些，"他肯定在这里，你窝藏疑犯，这是犯罪，我不太清楚在你们国家这种罪要怎么定义。"

苏姬像一个听童话故事的孩子一般目不转睛地看着他，拳头紧握着，美丽的胸脯在她的毛衣下快速地起伏。

"你……你怎么知道的？……这不是真的，不是真的！"

她那含混的声音提高了八度，她紧握着门的边缘，好像没有了门的支撑，她会立刻瘫倒在地。

"你为他做得已经够多了，"奈杰尔平静地说，"现在让我试试，去把他叫来，如果你不愿意，让我来。"

到此为止，女孩彻底丢盔卸甲了。她退了出去，大概是去找她那令人难以捉摸的弟弟了。也有可能，她会直接让约翰逃跑，以免奈杰尔通知布雷迪来抓人。奈杰尔冷静地考虑着这个风险。还有一个风险，那就是目前他是唯一知道约翰下落的人，这个相当不可靠的年轻人也有可能冲进来用左轮手枪灭了他的口。时间一分一秒地过去了——五分钟，十分钟——奈杰尔开始担心自己决策失误……这时门开了，苏姬拉着一个年轻的黑人走了进来。

"这就是我弟弟。"她用虚弱的声音说道。

"很高兴认识你，斯特雷奇威先生。"

"这……"奈杰尔疑惑地和对方握了握手，然后对苏姬说，"苏姬，煎蛋卷做好了吗？我那份不要加西红柿，我受不了这种蔬菜。你做菜的时候，正好让约翰去把脸上的颜料洗掉。"

"我们认为这是一个很好的伪……"

"求你了，亲爱的苏姬，别再给我讲你那些用来蒙骗警察的小伎俩了，"奈杰尔打断了她的话，同时（他经常这样做）也忘不了炫耀一下他的推理，"你把你弟弟藏在楼上一户黑人家庭里，他们对你很忠诚,就因为你为消除种族隔离做了不少工作。你把他的脸和手都涂黑了,这样就算是警察上门搜查也很难发现他。傻丫头,这种雕虫小技我五秒钟就能看穿,布雷迪在三……或者十秒钟内也能看穿。"

"我跟你说过的,约翰,"苏姬对弟弟说,"这个人简直就是奥兹巫师,他的眼睛有 X 光功能,能把人看穿。"

"我饿了!"奈杰尔吼道。

半个小时后,当他吃完饭喝着咖啡时,就开始表情异常严肃地看着姐弟俩:"现在我要你把当晚拜访约西亚·阿尔伯格发生的一切事情都告诉我。"

约翰瞥了苏姬一眼,他那双聪明的棕色眼睛下面还有他化装成黑人时留下的痕迹。他的小下巴很结实,但和人对话时却目光游移。奈杰尔心想,这是单纯的紧张,还是天生的狡猾呢?

那是一张不成熟的脸,约翰在用眼神向姐姐求助。苏姬向后靠着,像个皱眉的漂亮娃娃一样瘫倒在椅子上。

约翰转向奈杰尔:"我不敢想你为什么会相信我。"他喃喃地说着。

"我的思想很开通的。"

苏姬紧张地叹了口气:"你随后就会把他交给布雷迪的是吗?"

"不,他会自首的。"

"这样就证实了我的清白,悬疑推理小说里都是这么写的。"约翰真诚地说。

苏姬一把抓住他的手:"说出来吧,亲爱的,赶快结束这一切吧。"

在整个叙述过程中,她一直握着约翰的手,并对奈杰尔的提问做了辅助回答，主要内容如下：

那天晚上，约翰来到霍桑学院门口，他瞅准时机，看到灯火通明的门房小屋里的人转过身去接电话时，趁机溜了进去。在去约西亚办公室的路上，他在院子里没有遇到任何人。在约定的 10 点 30 分后的大概一两分钟，他来到约西亚办公室门口。他敲了敲门，但没有人应声，他很疑惑，约西亚一贯守时，难道他提前走了？他又敲了敲门，顺手转动了门把手，发现门没有上锁。门开了，约翰走了进去，却发现他的前导师躺在书桌旁边的地板上，太阳穴上有个洞。

"那你摸他了吗？"

"没有马上摸，先生。我……我当时有点懵了。"

约翰的第一个想法是尽快摆脱这个麻烦。他试着回忆除了门把手外，他是否在其他任何地方留下了指纹。他开始感到恐慌，他就在现场，和一个大家都知道他憎恨的人的尸体在一起。他所能想到的就是如何为自己争取时间——以便远离这个可怕的房间。

"你从没想过要报警吗？"奈杰尔打断了他的话。

"我问你你敢吗，我是溜进去的！"

"那，你带枪了吗？"

"我当然没带！"男孩激动地回答道。

"当时，如果你打电话向办公室求助，他们会发现你和一个死人在一起，但现场根本找不到射杀他的那把手枪，这样你可能被证明是清白的。即便是找到了凶器，因为没有你的指纹作为直接证据，也一样可以证明你的清白。"

"好吧，好吧，我想你是对的，但我的大脑当时可没法正常思考。"约翰懊悔地说。

慌乱之中，约翰想到了那个更衣室。那里距离约西亚办公室的入口很近，就在地下室，而且已经废弃不用了。他弯下腰把死者抬起来，发现他头下的木地板上有血迹，就又把约西亚放了下来，拉了一块地毯盖在血迹上，又检查了一下桌子和椅子上是否有其他血迹，确信没有之后，他小心翼翼地打开门，外面一片寂静。

他又把尸体抬了起来，约西亚身量不高，尸体倒不轻，他松开门的弹簧锁，这样门就会在他身后锁上。他正要离开时，突然想到约西亚有一个习惯，就是会把一天所有的日程安排记下来。

于是，他又一次放下尸体，开始检查约西亚的书桌。那里有一本办公日记，但并没有和约翰的约会记录，他粗略地翻找了一番，发现没有什么文件上记着和自己见面的事。约翰甚至硬着头皮从约西亚的上衣口袋里掏出了他的私人日记本，那上面也没有记录这次预约。

"我意识到，不能再拖延时间了，我得赶快把他从一楼抬出来，穿过其他人的门前，下台阶送到地下室。"

听到这里，奈杰尔不得不提醒自己，美国人说的一楼和英国的一楼意思不一样①。

"于是我最后抱着他出了门，下了楼，我很幸运，更衣室的门居

---

① 英国人说的一楼 first floor 是指地下室，而美国人的习惯与中国一致，一楼 first floor 相当于英国人概念中的二楼 second floor。

然是开着的,这一点我没想到。接着,我把尸体塞进一个储物柜——太可怕了——然后咔嗒一声把门关上了。"

"你抱着他的时候,尸体是僵硬的吗?"

"僵硬?没有,没有,他没僵硬,事实上他的身体还是热的。这让我感到非常害怕,我以为所有的尸体会马上变冷。我把他抱进储物柜时,他的手还晃来晃去碰到我的脸了,太可怕了,我甚至恍惚觉得他可能还没死。"男孩的嘴唇开始颤抖,"先生,他真的死了,是不是?"

"哦,是的,那一枪立刻要了他的命。"

藏好尸体后,约翰站在黑暗中,不敢开灯。他把尸体偷偷运走却没被别人发现,这让他松了一口气,接踵而来的却是精神上彻底的绝望。他突然想起了一些事,那就是约西亚的弟弟知道这次预约,知道他会在这个点去见约西亚。苏姬在长途电话里告诉他,切斯特当天会去伦敦,但他下周早些时候就会回来。约翰把尸体藏了起来,为自己争取到了几天时间。他必须离开匹兹堡,因为一旦尸体被发现,人们很容易就能从种种线索中找到他。他想到西部很远的地方去,但他又没有足够的路费。

"所以你就来找苏姬了?"

"说实话,我不想给她惹麻烦。我只是想借点钱。我从来没有想过……"

"没事,亲爱的。"苏姬把她那双灰色眼睛坦率地转向奈杰尔,"约翰来这里时非常不安。他告诉我发生了什么事情后,我只是不想让他离开。我的想法就是他应该在这里躲一段时间,他其实是不愿意的。"

奈杰尔心想，又是一个十字军东征。

苏姬接着说道："我以为警察永远不会到这里找他，不会到楼上我那帮黑人朋友当中找他，而且他们也的确没来。"看着奈杰尔嘲讽的表情，她满脸羞愧，"我知道你在想什么，我可能给我的黑人朋友们惹麻烦了。"

"他们同意收留他的时候，知道他是谁吗？"

"我说了是我的弟弟，"她低声说，眼睛低垂着，"不过我没有告诉他们真相。我编了一个故事，说约翰要在这里躲几天，因为……"

"你相信我吗？"约翰突然喊道，"你相信我说的话吗？"

"也许吧，"奈杰尔冷静地回答道，"不过很显然你俩是一对编故事的好搭档。"

"你别再逼我姐姐了！"约翰站起身，拳头握紧。

奈杰尔并没有理会他："所以说现在你们必须再编一个故事，以便保护你们的黑人朋友不会被当作从犯而被逮捕。"

那间乱糟糟的小房间安静了很长一段时间，最后苏姬说道："你打算怎么做？告诉警察吗？"

"我不会说的，约翰会自己去说。"

"你打算放弃我们了！"她的眼睛里闪着亮光。

"我亲爱的孩子，这才是约翰最大的希望。你还不明白吗？约翰必须告诉布雷迪，自从他发现这件事情以来，一直处在受惊吓的状态。他忘了——再说一遍，是忘了——这期间发生了什么事情。今天早上，他拿起一张报纸，才看到警察正在找他，所以他就径直来到警察局，汇报那天晚上从进入霍桑学院到离开这一段时间里发生的一切事情。"

"你疯了……"苏姬喃喃地说。

"不,他没疯,"约翰说,"这样的话,你和楼上的这家人就不会受牵连。"

"不,不要这样!他们会在警局揍你的,而且他们迟早会知道你都藏在哪儿,你说你失去了记忆,这也没办法让你摆脱嫌疑!"

"现在别紧张,姐姐。我不会再给你惹麻烦的,明白吗?他们更感兴趣的是我要告诉他们找到尸体的事情,而不是事后试图追踪我的行动轨迹。"约翰终于展现出了一些他姐姐身上的坚毅气质。

"他现在必须得走吗?"她问奈杰尔。

"越快越好。但他必须先准备好应付的台词,你在哪家报纸上读到过这则犯罪消息的?你一点都不记得是在哪里吃住的吗?诸如此类的问题,因为他们会问你。"

"让我们想想,城里的黑人区,"约翰念叨着,"我想这一切都记得不太清楚:不过……对了,我记得有一天我坐公共汽车到乡下去,在树林里闲逛。没错儿……"

"留着说给布雷迪听吧。如果你愿意的话,也可以让苏姬来测试一下你的台词。我得走了。"奈杰尔直视着那个年轻人,"记住,可千万别再跑了。我赌你会听我的话。"

一个小时后,奈杰尔一边大步走在河流和车流之间,一边心想,这大概是我打过最疯狂的赌了。约翰似乎很诚实,不过,要是他跟他姐姐一样具有误导别人才能的话,奈杰尔一定会输的。他赌的是约翰对姐姐的感情，赌他不愿意姐姐受牵连，所以会去自首。但是约翰家祖传的怕事、像个兔子躲进洞又不太靠谱，万一他一害怕再次逃跑呢？

约翰发现尸体的故事听起来很真实，证实了奈杰尔先前的推测，那就是把尸体藏起来是为了给某人赢得时间。此外，如果约翰所说的到达办公室的时间属实的话，那他就不太可能是凶手，因为在晚上的那个时间点，枪声肯定能被人听见。如果他是无辜的话，那么他没被人看见就溜进了学院这件事，已经以一种他无法预料的方式向他反弹了过来，引发了一系列的后果。

约翰说过，他触摸到尸体时，尸体还是热的，这个细节令人信服。人一旦死亡，尸体的温度每小时下降一度，直至降到与周围介质的温度相同。在这个案子里，现场是一个小型的集中供暖房间，这与约西亚在食品小贩叫卖期间被枪杀的假设并不冲突，时间大约就是在约翰声称发现尸体的半小时前。如果凶手是他，他肯定得谎称，自己发现尸体时，尸体是冷的。

还好，当院长那天晚上打电话请奈杰尔过来喝一杯时，奈杰尔欣慰地得知自己赌赢了。

"布雷迪刚打电话给我，"依西杰说道，"他正朝我这里赶呢，约翰·泰特自首了。"

第七章

好色的诗人

奈杰尔到来时，院长和他的妻子正陪着切斯特·阿尔伯格一道喝酒。

"不过，这不能证明年轻的泰特是无辜的吧？"切斯特语气强硬。

"啊，你来了，奈杰尔，我给你倒点波旁威士忌好吗？"依西杰问。

"谢谢。晚上好，梅。你好，切斯特。"

"不管怎么说，终于快要满天云雾散了，"梅说，"这几天一直像是在浓雾里绕来绕去。"

"你喜欢加冰，对吧，奈杰尔？你要尽快适应我们野蛮的美国习惯。"

"显而易见,"切斯特接着说,"没有哪个罪犯能心甘情愿地把自己的罪行向警方和盘托出。"这位商学院老师一贯的夸夸其谈中夹杂着一种强烈倾向。

"我只和布雷迪聊了几句,他并没有说约翰已经认罪了,他只是说他今天下午走进了警局,还作了一番供述。"依西杰彬彬有礼地说。

"那个男孩不会是凶手。"梅说道。

"我当然希望他不是。"切斯特摇了摇头,"但只要想到是我促成了可怜的约西亚和……和那个可能杀害他的人之间的面谈,我的良心就感到无比沉痛。"

"我亲爱的切斯特,"梅有点尖刻地说道,"现在还没有必要让你的良心给我们施加压力。我更关心的是可怜的约翰在警察总部会受到怎样的待遇。我想,他们的粗暴手段是出了名的。"

"好了,好了,亲爱的梅。"

"不过,他这段时间逃到哪里去了?"切斯特问道。

"警督没有跟我透露这方面的消息,但一切很快就会真相大白了。在此之前,我们必须控制我们的好奇心。"

"苏姬知道这件事了吗?"梅问道。

"布雷迪说,他在电话里和她说过了。"切斯特说。

"他想得真周到。"

"她想马上赶过去,但被他阻止了。她已经找律师咨询了。"

"简直不敢想,她在如此巨大的精神压力下会遭受多少痛苦。"

"好啦，切斯特，"梅说，不知道为什么，她今晚显得尤其威严，"让我们转移一下注意力，想一些不那么令人痛苦的事情吧。至于苏姬，有马克在照顾她。奈杰尔，你怎么这么沉默寡言，你有什么要说的吗？"

奈杰尔是不会放过任何煽风点火的机会的，他若有所思地垂下眼睑，说道："我在想切斯特是多么公正啊。"

那个被他点名的人警觉地瞥了他一眼，说："我不太明白你是什么意思。"

"否定了泰特有罪的观点。"

"嗯，他当然没有罪。"

"因为如果不是泰特，那凶手就是马克。不是吗？或者说，还有其他我没听说过的嫌疑人？"

校长看起来很震惊，而他的妻子也瞪大了眼睛。切斯特过了好一阵才来应答，他后来经常这么做，就好像他必须先在脑海中形成一个句子，然后再把它交给舌头一样："任何理智的人都无法立刻接受这样一个说法。"他一字一句地说，"听你这么说，我感到非常震惊。谁能相信，我的亲弟弟马克……"

"我什么都不相信。我只是问，如果不是约翰或马克，那会是谁？还有谁有作案的动机和机会呢？"

"你的说法非常非常无礼。"切斯特开始发火了，"我认为，你不应该在马克不在场的情况下提出这样的指控。"

"这不是指控，"奈杰尔疲倦地说道，"不过，如果你喜欢把头埋在沙子里逃避，那是你的事。"

"但是，奈杰尔，"依西杰反驳道，"马克有什么动机呢？"

"他是冲着约西亚的遗产来的。"奈杰尔抓住机会，竹筒倒豆子一般说开了，"约西亚死了之后，他和父亲的财产之间就只剩下切斯特这一个障碍了。切斯特，我的孩子，你最好小心点。"

"你这话说得太难听了！"切斯特愤怒地回答道。

"大家坐在一起随便聊聊，"梅说，"怎么剑拔弩张起来了。"

"如果这是你的一种幽默的话……"切斯特的话被一阵响亮的门铃声打断了。

"应该是布雷迪。"院长边说边出去开门了。回来时，他向奈杰尔示意："警督想和我们俩谈谈，我们去书房吧。"

正合我意，奈杰尔心想。走进书房，布雷迪此刻正端坐在一把硬椅子上，很友好地向他挥了挥手，寒暄过后，直接进入正题。

"我们抓住了约翰·泰特。"

"什么罪名呢？"依西杰问。

"等我把他的供述告诉你，你就会知道了。恐怕斯特雷奇威先生还得再听一遍。"

这话直截了当，倒也不难应对。"再听一遍？这是怎么回事？"

布雷迪那双锐利的绿眼睛盯着奈杰尔："这家伙今天才来找我们，所以我想他最近一定是得到了高人指点。"

"要是我有机会的话，我肯定会给他这个建议的。"奈杰尔模棱两可地回答。

"啊，太好了！如果你找到他的话，你会建议他来自首。那你是在哪里找到他并说服他的呢？"

"你的逻辑推理把我搞糊涂了，警督。难不成约翰跟你说是我让他去自首的？还是你想诈我？"

"好啦，不聊这个了。"

"他说是我？不可能的。"

"他确实没说。"布雷迪对奈杰尔苦笑了一下，"还真是训练有素。"

"你们俩吵完了吗，能让我们听听约翰是怎么说的了吗？"院长插嘴说。

布雷迪把约翰自首的事原原本本地说了一遍，没有再给奈杰尔挖什么坑。

"天哪，可怜的孩子！"依西杰说，"对他来说，这是多么可怕的经历！这么说，你要指控他隐瞒了犯罪相关信息？"

"到目前为止，就是指控这个。"

"可他为什么等了这么久才来找你呢？"

"他说他当时被吓坏了。直到今天早上他阅读一份报纸时，才意识到我们在通缉他。"

"这段时间他在干什么？"

"在城里到处游荡，吃住在黑人区，这就是他的说法。如果要藏凶器，这段时间也足够了。"

"他承认带枪去见面了吗？"奈杰尔问道。

"他当然没有承认。我对他这个吓到几天没缓过来的说法并不满意。不过，我还无法证明他在说谎。我正在找一位心理医生来给他治疗，这样就能解决他的问题了。我个人还是相信有人把他藏起来了。"

"谁会藏他呢？"

"可能是他的姐姐。"

"不过，我想你已经搜查过她的公寓了。"奈杰尔说。

"确实搜过了。不过，她不会把他藏在那里的。"布雷迪沉思地盯着奈杰尔看了很久，"你怎么看他那个发现尸体的说法？"

"照你所说的来看，"奈杰尔平静地回答，"这个说法听起来确实很有道理。你相信吗？"

"我不知道。他的供述滴水不漏，确实像是在说他做过的事情，他记得每一个细节，但他逃跑之后的事情却说得很含糊。这里有点不对劲，我们要是能追踪到他买枪的事就好了！麻烦就在这里，斯特雷奇威先生，在这里买枪太容易了，就像买一袋花生一样。"

"顺便问一下，你知道切斯特·阿尔伯格的护照丢了吗？"

"那个道貌岸然的家伙？不知道。嗯，我们会留意的。不过，我担心的是阿尔伯格老爹。他不停地给我打电话，问我为什么不把杀害他儿子的凶手绳之以法，还扬言说如果一周内我破不了案，就要我的脑袋。相信我，那个老头是个狠角色。"

"如果有人捡到护照，会把它交给护照的主人或者送到什么地方，不是吗？那玩意儿对捡到的人来说没啥用处。"

"正常情况下，当然是这样。但这里面也有不少猫腻，比如替换其他人的照片，在上面伪造印章什么的，用化学方法抹掉护照上的信息，然后替换上你自己的。不过，这是个技术活，你是说，切斯特·阿尔伯格找过一个伪造专家吗?"

"不完全是这样,但他也有可能坐下一班飞机回到这里,枪杀他的哥哥,当晚再次飞往伦敦,然后第二天早上在他第一次出席的会议上现身。完全有可能,因为两国之间存在时差。"

布雷迪警督不耐烦地笑了笑:"你在开玩笑吧,斯特雷奇威先生?纯属胡说八道。"

"你的意思是,他用假名字搞了一本假护照,这样机场那边就不会有切斯特·阿尔伯格当晚飞进来又飞出去的记录了吗?"院长冷静地问道。

"差不多是这个意思。"布雷迪又笑了笑,"那样的话,他为什么会弄丢自己的真护照呢?他只需要把假护照扔掉就好了。"

"没错儿,问题就在这里。不过,还是有必要问问查尔顿机场的国际航空公司,看看那个周四晚上是否有一个相貌特征相符的人从英国来过。"

"这想法太疯狂了,"警督说,接着,他冷冷地看了奈杰尔一眼,"你这是想把我的注意力从你自己的委托人身上转移开罢了。"

"我不是律师,约翰·泰特也不是我的委托人。你会派人去机场调查吗?哪怕只是为了堵住一个可能存在的漏洞?"

"好吧,我会派人去的。"布雷迪站起来,伸了伸懒腰,"我得走了。你能帮我做一件小事吗?"

"当然可以。"

"我好像没法和马克·阿尔伯格达成一致,也许你可以,现在有些证据有出入……"

"是的。约翰·泰特说，他 10 点 30 分时发现办公室的门没有锁；马克则说，门 10 点 15 分锁上了。"

"脑袋聪明真好！晚安。再见。晚安，院长。"

……

"你和苏姬有一个共同点。"

"什么共同点？"马克反问。晚饭后，他坐在凌乱的书桌前，正审阅一篇学生论文。

"就是房间里都非常乱。"

"嗯嗯，我会向你学习的。"

奈杰尔在凌乱的房间里轻轻地来回踱步。留声机唱片放在一摞书上，书又压着一打纸，而那些纸通常是不放在地板上的。他翻了翻旁边桌上的那堆杂志，那本《花花公子》杂志已经不在那里了，他便挑了一期《西瓦尼评论》。

他想，要掌控马克是很困难的。他是一位优秀的学者，却订阅了《花花公子》杂志，还光明正大地摆在外面。他是一个毫无顾忌的家伙，可以为了朋友和一个下三滥毒贩子打起来。这个年轻人"抢"了哥哥的女朋友，却又似乎对自己的"战利品"不太珍惜。马克像个谜，是他的天性使然，还是故意掩饰呢？如果是后者，那真是掩饰得相当成功了。它以一种相当透明的、自由自在的、看似天真简单的方式把自己包裹起来。然而，这绝非消极的个人性格：它说服你接受它，还强迫你适应它。

"嗯，就是这样，"马克说着放下了那篇论文，"一个美丽、热情的女孩。她越早成为妻子和母亲，越早放弃对学业的追求，我们就越幸福。"

他从碗柜里拿出几个瓶子，倒出一些饮料。

"她怎么样了？"奈杰尔问。

"毫无疑问，风华正茂。哦，你是说苏姬。她很担心约翰，她想象着他们把他关在地窖里，脚上夹着电极。"

"约翰这段时间躲在哪里了？"

"要么是苏姬不想告诉我，要么就是她自己也不知道。"

"我还以为她会向你和盘托出呢。"

马克沉思地呷了一口："你这么想很正常，但是她和我其实不怎么谈私事，我想她应该嫁给她弟弟。"他说这些话时，没有露出丝毫的怨恨。

"她给你讲过那天晚上发生的事了吗？"

马克点了点头。

"你觉得可信吗？"

"为什么不可信呢？约翰是不会杀任何人的，他是个品格非常高尚的人。我还以为是查尔斯·雷利干的呢。事实上，这是早晚的事儿。"

"这个想法太离奇了吧！为什么在所有人中，偏偏是查尔斯呢？"

"这是苏姬吐露的秘密。查尔斯来后不久，他和苏姬在学院里参加了某个聚会。他邀请苏姬到他自己的房间里最后喝一杯，还给她看一本罕见的、私人印刷的叶芝诗集。哈！哈！然后，他猛地向她扑过去——请注意,那老头儿已经喝得半醉了。"

"可这和约西亚有什么关系呢?"

"耐心点,亲爱的先生。查尔斯离这个该死的目标太近了,强奸目的本应该要达成了,这时苏姬挣脱了一会儿,朝窗外大喊大叫。除了我的兄弟约西亚,还有谁会碰巧路过呢?他冲了进来,砰砰地砸门,最后发现苏姬泪流满面,神色极度憔悴。"

"这看起来倒像是有人要杀查尔斯,而不是他要杀人。"

"好了,你知道,这种关于美国暴力的讨论被夸大了。而约西亚并没那样做。哦,你是说我吗?苏姬告诉我的时候,一切都结束了,而且查尔斯已经向她道歉,他们已经和解了。回想起来,我怀疑苏姬反而还挺享受这事。无论如何,并不是每个研究生都能差点被一位杰出的爱尔兰诗人强奸的。你也注意到了,她非常喜欢查尔斯。尽管如此,如果我当时就把他叫出来,也许她会更热情地崇拜我:他们说女人就是喜欢被人争来争去。"

"但约西亚……"

"我马上就要说到这个了。假如你告诉我,说他在敲老查尔斯的竹杠,我是一丁点儿都不会感到惊讶的。"

"麻烦你解释一下。"

"如果约西亚把这件事告诉院长,院长就不得不把查尔斯赶出去。眼下,查尔斯算得上是一位杰出的爱尔兰诗人,但他远不是一个有钱人,而且他冬天要在这里度过几个月,靠阅读课和讲座来赚钱谋生。所以,如果有人说他骚扰女学生的话,他的主要收入来源就泡汤了。"

"你说的是真的吗？"

"嗯，约西亚为人很刻薄。他还年轻，又是一个禁欲的清教徒。把这两个特性加起来，你能得出什么？那就是他极有可能把查尔斯的破事当成把柄，不一定是为了钱。也许是为了某种微妙的满足感。我想说的是，查尔斯和约翰·泰特一样有着充分的动机——而且是一种更可能的倾向——那就是想要堵住约西亚的嘴。"

"我想，我喝完之后需要再来一杯。"奈杰尔说。

"愿意为您效劳，先生。"

"你怎么解释查尔斯等了这么久才决定让你哥哥闭嘴呢？一个月或者更久？"

"爱尔兰人的记性可是很好的，他是个狡猾的家伙，你不是说过吗？也许约西亚给了他某种最后通牒……只是我们不知道罢了。"

"但当晚和约西亚有预约的人并不是他。"

"你怎么知道他没有预约呢？就算没有预约，有什么能阻止他进去呢？门又没锁。"今天晚上，马克的脸色第一次流露出了恐惧，脸色蜡黄蜡黄的。

"可你说过，你 10 点 15 分时试着开过门，那时门是锁着的。"

"听着，我不是在指控查尔斯，我只是在讲述一个假设的情况。"

"我也不是。"

"好吧，那样的话，就是查尔斯杀了约西亚后把门锁上的。"

"但是约翰·泰特在你后面来了，他却发现门没有上锁。你的意思是说，在 10 点 15 到 10 点 30 分之间，有一个人以某种方式打开了门，并且把没上锁的门留给了约翰吗？"

两人之间的谈话陷入了长时间的沉默。马克最后说道："哦，亲爱的，我认为我们聊得很愉快。"

"这么说，你发现门没锁。"奈杰尔提示道。

马克保持沉默，姿势僵硬。

"好吧，我来告诉你，"奈杰尔说，"你收到你哥哥打印的便条，让你在10点15分过来一趟，你照做了，然后你发现门没有锁，就走了进去，接着……"

马克还是一言不发。

"有没有这样一种可能：也许从来就没有什么便条，你早就去拜访过他，在食品小贩大声吆喝叫卖的时候开枪打死了他，然后你离开的时候忘了锁门。这就能解释为什么会有人看到你在一刻钟后出现在那附近的楼梯上。或许你想起你在房间里留下了一些罪证，所以不得不重新回到犯罪现场。还有一种可能……"

"不，我来告诉你发生了什么事。我确实收到了便条，我确实走进了办公室，我发现约西亚死了。"马克慢慢地、凄凉地说，"我为什么不报警？你会认为这是一件很简单、很明显要做的事情，不是吗？事实是，我非常不喜欢约西亚。我恨他。你知我看到他死在那里时的第一反应吗？解脱。高兴。紧接着我意识到，正因为所有人都知道我对他恨之入骨，所以我出现在现场就会成为第一嫌疑人。再说他都已经死了，我不会为他做任何事，而且……"

"……简而言之，你决定逃避，觉得多一事不如少一事？"

110

"我是这么想的。没错儿,我是这么想的。"

"那你是自欺欺人。仇恨并不可耻,但冷漠却有些不道德。"听到奈杰尔这么说,马克把埋在双手中的头抬了起来,看上去很吃惊。奈杰尔接着说道,"你正是一个冷漠的人,苏姬已经意识到了这一点。你的冷漠也不能怪你,这都是源于你幼年时父亲对你的态度,所以你想走自己的路,而不想被卷入任何麻烦的漩涡。我认为,当你看到你哥哥死了的时候,你的本能反应是一种自我保护机制的冷漠态度——这不关我事。"

"这是一个刺耳的评判,"马克沉思着,他具有一个优秀学者冷静地审查证据的能力,接着,他说道,"但这会儿对我的性格进行分析对案子有什么用吗?我是说,你打算怎么办?"

有人大声敲门。"哦,见鬼,他们为什么就不能让我一个人待着呢?"马克边抱怨边起身去开门。

查尔斯·雷利带着满身酒气走了进来:"我听说苏姬的弟弟出事了?"他挑衅地问道。

"哦,那你听说了些什么?"

"他被捕了。你相信吗?他们会绞死他,是吗?"

"别那么激动,查尔斯。"马克说。

奈杰尔简单地解释了一下情况,而查尔斯则连问都不问一声,便自斟自饮了半杯纯威士忌。

"好啦,难道这还不够吗?"查尔斯说,用手捋了捋他浓密的红头发,"可怜的小妞,这下可救不了她的弟弟了!"

"所有对他不利的证据都还没有捅到警方手里。"

"啊,奈杰尔,小伙子,无风不起浪,警方肯定有证据。"

"你有没有在壁炉冒着烟的车站候车室里坐过?事实上,这个案子里的疑点就像壁炉格栅里的烟一样一直往外冒。"

"是这样吗?"查尔斯轻松地说道。"嗯,这一定会让我们的驻校犯罪学家更加兴奋。"

"不好意思,我只是卡伯特大学的驻校诗人。"

"无所谓,反正这事也与我无关。"

"看出来了,查尔斯,你确实对他漠不关心,哪怕你有杀害约西亚·阿尔伯格的动机。"

诗人的蓝眼睛从激情变成了冷漠,他又喝了一大口威士忌,慢慢地把杯子放在桌子上:"动机?什么动机?我真的不太认识那个家伙。"

"翻脸不认人啊,跟圣彼得不认耶稣①似的。"

"你不要亵渎上帝!"

"我今天才听说,你曾经非礼过苏姬。"

"到底是谁告诉你的?"查尔斯·雷利惊叫着,用怀疑的目光看着马克,马克神色紧张。当奈杰尔回答说是"苏姬自己说的"时,马克明显松了口气。

查尔斯当时的精神状态让他没有注意到这些:"你永远不要相信一个女人的夸大其词好吗,有一天晚上我确实有点失控了,但这没什

---

① 基督教义中,耶稣曾预言鸡叫之前圣彼得会三次翻脸不认耶稣,后来果然如此。

么大不了的……"

"这是强奸未遂,你还说没什么大不了的?"奈杰尔插嘴说。

查尔斯红润的脸阴沉了下来:"你还别吓唬我,我可不是站在被告席上。我就说了,'没什么大不了的',怎么了?"

"你是想说,她很享受这次经历吗?"马克说。

查尔斯耸了耸他那粗壮的肩膀:"这事与约西亚·阿尔伯格的案件没什么关联。再说苏姬和我现在关系很好,你知道的,这事都过去了。"

"都过去了?约西亚抓到你脱裤子的事也过去了?"奈杰尔问。

查尔斯·雷利闻言对着奈杰尔怒目而视,接着,他突然笑了:"你是想说这就是我的杀人动机?愿上帝宽恕你!要不我来说说你的想法如何?约西亚撞见了我的丑事,所以勒索我,于是我就杀人灭口。"

"是不是这样呢?"

"事实上他没有勒索我。他像一条死鳐鱼一样无情,上帝使他安息,但他没有勒索我。"

"我确定,约西亚不会勒索的。"马克说。

"不是为了钱的话,那还有什么呢?……他支持你和苏姬订婚吗?"奈杰尔问马克。

"他当然不支持。首先苏姬弟弟和他的破事大家都知道,而且他也不喜欢苏姬父亲的政治倾向。他告诉过我苏姬家的家庭关系很复杂很混乱,我敢说切斯特和苏姬交往的时候约西亚肯定也阻止过。"

"如果约西亚揭露了这件丑闻,你们的父亲一样会大发雷霆吧?

尤其是如果他把苏姬说得不堪一些,比如,就说她勾搭查尔斯,脚踏两条船?"

"他肯定会这么干。"

查尔斯·雷利撅起他那厚厚的嘴唇:"这全都是无稽之谈。你是说约西亚抓住了我的把柄要勒索我,又不要钱,那他想要什么?"

"他的目的在于苏姬,只要你在他父亲面前编一个故事,把苏姬说成水性杨花的女孩,这样马克这个婚就结不成了。如果你拒绝约西亚,他会向校方揭发你的事,你就会失去工作,而且在高校圈里你从此会寸步难行。到最后你只能卷铺盖回你的爱尔兰老家。"

查尔斯边听边研究性地看着奈杰尔,满脸的惊讶和敬佩:"这是我听过的最有创意的故事,你应该去写小说。不过我得说,如果约西亚真这么干的话,我肯定想开枪杀了他。事实上,我和这个麻烦的告密者约西亚接触并不多。"

"你在爱尔兰参过军吗,查尔斯?"

"是的,一个爱尔兰人参军不是很正常吗?"

"对了,我得知会你们两个一件事,那就是我也是个告密者,我会把你的故事转告布雷迪警督。"

马克说,布雷迪警督才不会在乎这些破事,查尔斯也显得意见很大,但随后又沉默了下来。

奈杰尔在门口转身说道:"但愿你俩说的事情都是真的,我想布雷迪明天会来和你们面谈的,他可是个绝顶聪明的人。"

在奈杰尔出门的同时,马克又说了一句:"当然,你说过我是个冷漠的人。"

奈杰尔穿过院子的时候心想，他们都是聪明人，所以能如此轻松地从他们口中得到这么多信息，就显得有些奇怪了。马克的反应正常些，他是个彻头彻尾的学者，骨子里希望能逃离现实世界，可查尔斯却曾经是一名军人，然而他们俩似乎都没有意识到他俩都是被怀疑的对象。也许正是因为他们都是无辜的，所以才表现得如此坦然。当然，也许他们中有一个人心怀鬼胎，用精心编织的谎言来误导我的推理。

回到房间门口，电话铃声正响着，奈杰尔打开门，开了灯，然后去接电话。

第八章

叠加的红头发

第二天早上,奈杰尔来到大厅吃早餐,看见院长和一个资深导师坐在远处的一张桌子旁。大多数学生已经吃过早餐,去参加当天的第一次讲座或研讨会了。依西杰示意奈杰尔过来和他坐一块儿,奈杰尔端着托盘,上面高高地堆满了两份玉米片、牛奶、两杯果汁、两个煎蛋(单面煎黄的太阳蛋)和几片面包,然后坐了下来。

"我不知道你居然能吃这么多,"校长盯着这一堆东西说,"这位是唐纳德。"

这位叫唐纳德的资深导师身材瘦长,爱挖苦人,看起来几乎和一些学生一样年轻，他站起身来和奈杰尔握了握手。

"我们在聊阿尔伯格家族的事，一团糟，约西亚被谋杀了，而且还有人对切斯特搞恶作剧。"依西杰说。

唐纳德的嘴角抽动了一下："这的确是一件糟心事。"

"那个贴裸女海报的人还没有找到吗？"奈杰尔问。

"没有。我们只知道，一位女服务员进来准备早餐时，注意到了门上的告示。我调查了，确实有一期《花花公子》杂志，里面配有一张娇艳的红发女郎秀身材的插图，可派人翻遍了所有学生的房间，也没有发现那本被剪掉了插图的杂志。当然，干了坏事的人还能把罪证留着？肯定早就处理掉了。"

"教职员工查了吗？"奈杰尔边吃边问。

"你的意思，可能是教职员工干的？哦，我不这么想，确实有一位校友给我们的高级公共休息室提供了一年的这种杂志订阅费，订了这种杂志似乎就暗示着我们是一群老色胚了，但谁在乎呢。"

"所以你认为搞恶作剧的人是学生。"

"奈杰尔！"院长抗议道，"你不会认为是我们中的什么人干了这种事？"

"为什么不可能？干这件事的人可能纯粹就是出于恶意而不是一时兴起。听说切斯特以前也经历过类似的事情，一坨屎什么的。唐纳德，如果有人跟他过不去，你知道会是——教员还是学生呢？"

"跟切斯特过不去吗？答案是否定的。事实上我已经婉转地在学生中打听过了，切斯特最近没有让任何人不及格，他们认为切斯特是一个不错的人，不太健谈，不引人注目，几乎到了隐形的地步。在学生们看来，他对他们很认真，就像他们对待自己一样，这对他极为有利。"

"这么说，你们的调查一无所获？"

"我们又不是寄宿预科学校，"院长说，"不能为了调查事情去关学生的禁闭。你刚才说'是教员还是学生'，唐纳德，你觉得呢，教员中没有人会对切斯特心怀不满吧？"

"据我判断，当然没有。他太不显眼了，不会树敌的。"

"那也难保有人暗中记恨他吧，"奈杰尔弄开了他的第二个煎蛋，"要是鸡蛋都蛋黄朝下，你们叫它什么？'太阳落下山'吗？"

这两位著名学者被奈杰尔这个煎蛋之问难住了，答不上来。

奈杰尔说："我碰巧还真看到一本插图被剪掉的《花花公子》，而且……"

"真的是那个妖艳的红发女郎那一页？"唐纳德问。

"是的，那一页被剪掉了，但我后来去报摊上翻了那一期杂志，确定了，是的。"

"可是，奈杰尔，你为什么不告诉我们呢？它在哪个学生的房间？"

"不是学生的房间。对不起，依西杰，不过我得按我自己的方式来。因为这些恶作剧可能与约西亚的谋杀案有关。"奈杰尔突然瞪大了眼睛喊了一句，"哦，天哪，手枪！"

院长和资深导师惊慌失措地转过头来，以为在他们身后站着一个蒙面枪手。

"你非得这么一惊一乍吗？"唐纳德大声说，"吓得我快要得心脏病了。"

"信箱！为什么我以前没有想到呢？"

"放松点！"唐纳德恢复了幽默的语气，"信箱怎么啦？"

奈杰尔解释道："你知道，信箱深度有六英寸，长度有一英尺多一点，跟鞋盒的形状一样。你瞧，正好可以将手枪或小型左轮手枪放在里面。"

"当然可以，"唐纳德说，"然后等邮递员打开信箱放信的时候，就会发现里面有一把枪，哇！吓人一跳！"

"把手枪用一个大信封装着就不显眼了。"

"那么信箱的真正主人呢？"依西杰问道，"他会打开信封然后发现一把枪啊！"

"学院有没有无人使用的信箱？"奈杰尔问。

资深导师想了想："让我想想，这两周客房都没人住。还有鲁宾的房间，他生病了，还没回来。"

"嗯，很好，唐纳德，你现在能把那些箱子打开吗？如果你发现了枪，别碰它。关上信箱的门，然后告诉我就行。"

唐纳德满脸怀疑地走开去开信箱了。

"但是，奈杰尔，除非你知道密码，否则打不开信箱。"依西杰说。

"哦，这又不是什么高度机密。比如切斯特信箱密码别人就猜出来了，还放了一坨屎进去呢……该死！我知道枪放在哪个信箱里了！"

"哪个信箱？"

"约西亚的信箱。我敢打赌，他死后没有人开过它。"

"那你可就赌输了，布雷迪吩咐了管理员每天都要打开约西亚的信箱，然后把所有的邮件都交给他。"

"哦。"奈杰尔有点沮丧地说。五分钟后，他看到唐纳德带着满脸怀疑的表情回来时，更加沮丧了。

"这次你完全偏离目标了，信箱都是空的。"

"信箱是空的？"院长说道，"很抱歉，给你添麻烦了，资深导师唐纳德先生。"

"不客气，院长先生。"

……

对奈杰尔来说，这是令人不安的一天。他刚回到房间，布雷迪警督就打来电话，说他下午要来面见马克和查尔斯，而且老阿尔伯格先生希望斯特雷奇威先生也来见他。

"他要见我干什么？"

"他希望了解案件的进展情况。"

"我又不负责处理这个案子，他为什么不问你？"

"当然问了，一天至少问三遍。"布雷迪嘟囔着。

"哎，听着，布雷迪……"

"我只是在想，既然你从马克那里找到了一些有用的证据，你也许会发现那个老……阿尔伯格先生看待罪犯的角度很有参考价值。"

"所以你就把他推给我了，我明白了，根本不是他要见我，是你想让我见他。"

"你就给他打电话约个时间吧？他住在布拉伯恩旅馆。"

"他可以给我打电话，"奈杰尔哼了一声，"然后亲自约个该死的时间，到这里来见我。"

电话里传来一阵谨慎的咳嗽："他这个人希望别人来找他，而不是他去找别人。而且，他是一个相当没有耐心的人。"

"好吧，那就让他好好等吧。"奈杰尔砰的一声撂下了听筒。

紧接着，一段记忆浮出水面。殡仪馆墙上印着一句："我们可以等。"那天下午，当奈杰尔在去阿默斯特途中大声朗读这句话时，切斯特危险地将车突然转了个弯。

"我们可以等。"这位谨慎的司机，如果不走运的话，是不是听到奈杰尔重复他自己的秘密想法而感到难堪呢？"可以等"，等到父亲去世，那他的钱，加上约西亚的那份（如果约西亚先于他去世的话）都会归"我们"。很值得等，这个"我们"就是马克和他自己。会不会是这两个人串通要杀害约西亚呢？

这个假设会引出什么呢？奈杰尔沉思着。切斯特飞到英国，留下马克去做这件事，这样对于他们串通犯案的嫌疑就会大大减少。后来，他们每个人都表现得相当自然，很容易让别人打消了死者的兄弟可能是杀人犯的念头。在这两个人当中，马克对约西亚的死显得更难过。当然也有可能，是因为他亲手杀了人才感到如此痛苦。

不过，这两个人虽然性格迥异，惯用的学术理念却是一致的：他们都超凡脱俗，甚至有些"反现实主义"。他们总是习惯把现实问题抽象成理论和概念，然后再去处理。现在，假设这两个人想要减少协同作案的嫌疑，那他们肯定不会像现在这么干，他们可比普通罪犯聪明得多，他们完全可以设计得更完美无瑕，而不是像现在这样，在公共场合激烈争吵。

更何况如果这样的两个人协同作案的话，总有一个人会因为嫌疑太大而暴露在警方的视线里，他们怎么会做这么蠢的事情呢？

马克肯定知道切斯特信箱的密码，那本残缺不全的《花花公子》杂志也在他那里，甚至藏都懒得藏，就那么放在桌子上。这个恶作剧的各种证据都指向了马克，在大家的印象中他就是这样不太成熟且有些孩子气的，说不准他还在切斯特的房间里放了一窝蟑螂呢。切斯特说过："我没有被迫害妄想症，我就是被迫害了。"现在想来，好像他是故意在奈杰尔的脑海里埋下了一颗怀疑的种子。

根据这一理论，恶作剧可能是最后一道防线：马克可能觉察到自己已经被警方调查了，在这种压力之下，才做这些小动作，毕竟事发当晚，确实有学生在约西亚房间附近看到他了。可是如果真的是他，那么枪杀他哥哥几分钟后，他为什么在10点15分又回到那里呢？暂时把这个问题先放一放。如果马克处境不妙，他却任由我发现他恶作剧的秘密，就说明他信任我不会出卖他，所以我必须按照他的意思办。

正是马克的友善（甚至昨晚的谈话都没有影响这种友善）让奈杰尔如鲠在喉。他是真心喜欢马克，麻烦就麻烦在这儿，他提醒自己，杀人犯有时也讨人喜欢，可这没啥用。在这件事情上，奈杰尔也不反感切斯特，虽然他有点胖，有点无聊，有点虚伪，但他的虚伪还显得可怜兮兮的。

电话铃声把奈杰尔从思绪中拉了回来,电话那头是苏姬,听起来气喘吁吁,还有点哭哭啼啼。

"他们又来找我了,我一定要见你,奈杰尔,我现在能来看你吗?"

十分钟后,他听到楼梯上传来了脚步声。

他打开门,苏姬扑到他的怀中,把头埋在他的肩膀上,抽泣起来。

"我太可怜了!我讨厌这一切,我再也坚持不下去了。"

奈杰尔把她搀到扶手椅上,然后坐在椅子扶手上,握着她的手,一直等到她逐渐恢复平静。

"布雷迪找过你了?"他问。

"不是他,是他那个凶案小组的两个人,他们盘问了我一个小时,想骗我承认把约翰藏起来了,他们甚至说,约翰已经承认了,说我知道他藏在哪里。"

"但是你不信他们的话对吗?"

"我当然不信,约翰永远不会出卖我的。"她自豪地说,眼睛里仍然闪烁着泪花。

"那就好。"

"一点也不好,"苏姬喊道,"他们会指控约翰谋杀!我知道他们会的,哦,他为什么去见约西亚?居然还是我安排他去见的!"

"不会的,在没有足够的证据之前,约翰不会被指控谋杀的。"

"会的!马克的父亲,那个可恶的老畜生对他们大喊大叫,让他们赶紧破案,马克昨天亲口告诉我的。"

"他也不是针对约翰吧?"

"他恨我们所有人,他对所有人都怀有敌意。他讨厌我们全家,他认为,对马克来说,和我结婚比死亡还可怕。"

"但这肯定不会影响马克的态度吧?"

"哦,我想不会,我希望不会,但他有时候太软弱了。"苏姬果断地放下奈杰尔的手,好像那是一本书,而她已经读完了一章似的。她走过去站到壁炉架旁,两眼发光兴奋地瞪着奈杰尔:"你必须找到真正的凶手。"

奈杰尔默默地望着她,最后说道:"假如真正的凶手就是马克呢?"

那对可爱的灰色眼睛似乎呆滞了一会儿。"马克!"她接着说道,"你这个假设也太荒谬了吧。"

"他是嫌疑人之一,他自己也清楚这一点,他从来没和你谈过这件事吗?"

"没有。是的,他没谈过。我认为他不想……而且他对这些事情非常、非常谨慎,真希望我对他了解得更多些。"她快速补充道。

"如果你必须在他和约翰之间做出选择呢?"

苏姬看了他一会儿,然后不自在地笑了笑:"你这问的是什么问题啊,这就像实用伦理课中的一个可爱的问题:'如果你的妻子和独生子溺水了,你会救哪一个?'"

"好吧,算了吧,"奈杰尔轻快地说道,"现在给我说说你和查尔斯·雷利的事吧。"

她两眼瞪得溜圆,接着,她垂下长长的睫毛,脸开始红了起来:"谁……谁告诉你这些的?"

"马克,还有查尔斯。"

"嗯,天哪!"

"苏姬,你今天心情好点了吗?"奈杰尔非常认真地问。

"你知道我的情况。"

"那就给我说实话,约西亚发现你被查尔斯非礼之后,有没有再提起过这件事?"

"没有,我想我甚至都没有再见过他。"

"我知道查尔斯向你道歉了,而且你也原谅了他。从那以后,他有没有向你暗示过,约西亚可能会因为这件事情给他或你制造麻烦呢?"

"当然没有,从来没有。你为什么要问这个问题?哦,天哪,难道警察也怀疑查尔斯吗?"但她说这话时并未流露出明显的关切,接着便在房间里来回走动,然后停了下来,指着壁炉架上的一只用硬纸板做的巴吉度猎犬。猎犬的眼睛上挂着一颗塑料泪珠,下面刻着"我想你"的字样。

"天哪,你看看这只可爱的狗!多迷人啊,而且还有人想念你。这也是你家里的东西吗?"

"是的,我的女朋友克莱尔寄给我的,其实是为了讥讽一下我。"

"哦,她不爱你吗?"

"事实上,她很爱我。"

女孩打量着他:"肯定很爱你。事实上我也是,我有点恋父情结。"

"哦,很好,亲爱的苏姬。不过,那些一知半解的心理学术语还是谨慎使用吧。"

"你真是个迂腐的老头儿。"她甜甜地笑着说。

"我不是老头儿。"奈杰尔有点恼火地答道。

她径直走到他面前，紧贴在他身上，给了他一个长长的吻，她呼吸急促。

奈杰尔轻轻地把她推到一臂远的地方，问道："你经常这样吻你的长辈吗？"

"你不想知道吗？我得走了，再见。"苏姬在门口转过身来，朝他笑了笑，很灿烂，还有点得意，接着便离开了。

更乱了。奈杰尔自言自语。真是难以捉摸的女孩。她现在在做什么？必须读懂女人的言外之意——毕竟白纸黑字也不一定就是真的。她和老查尔斯之间，相信不是她故意勾引老查尔斯的，也可能只是一种尝试，年轻人就是喜欢刺激的。好奇心？没问题，只要他们不把它提升为自以为是的、教条式的、有关体验权的无稽之谈就行。可是苏姬的行为里，这些成分的占比是多少呢？

电话铃又响了，院长说老阿尔伯格先生将与他共进午餐，并希望能在2点15分时过来拜访斯特雷奇威先生。

"你是在转述他的话，还是在委婉地解释？好吧，我们就见见他。"

"还有，奈杰尔，如果你没有羊羔皮手套，就出去买一副。记住，他是这个学院的创始人。"

2点15分整，这位大人物和院长来了，院长一本正经地做了介绍，然后离开了。奈杰尔按照礼节说着一些节哀之类的话，不过阿尔伯格先生粗暴地做了个手势,打断了他。

"现在,给我说说,作为一个局外人,你对这个学院的纪律有什么看法?"阿尔伯格先生操着一口平淡的中西部口音问道,说话的时候,像乌龟一样探了探脑袋。

"气氛看起来不错。作为一个局外人,我真的没有资格谈论纪律这样的问题,何况院长还是我的一位老朋友。"

"你们这些做学问的人总是搞小团体,"阿尔伯格不耐烦地说,"就像一群蜜蜂一样。布雷迪告诉我,你在这些方面有些经验。"

"这些方面……哦,你是说侦探工作吗?是的,有点经验。"

"我对他没有多大信心。如果我对你的资历感到满意的话,我准备以双倍于你平时的费用聘请你,来调查谋杀我儿子的凶手。"

"但是,阿尔伯格先生,我是非卖品。"奈杰尔温和地说。

"哦,废话!我又没说要买你。"

"钱能买到一切吗?"奈杰尔轻声问道。

"那你告诉我钱买不到什么?"

奈杰尔打量着他这位潜在的雇主:阿尔伯格老先生和切斯特一样身材矮小,他那布满皱纹的乌龟脸从远处看和约西亚有几分相似,穿着一套黑色西装,系了一条黑领带,还有一件老式的高领衬衫。

"我猜,你要我做的就是证明约翰·泰特有罪。"

"还能有谁?"老人极其坦率地回答,"那个年轻人是垃圾,就像他家里的其他人一样。切斯特跟他姐姐纠缠不清的时候,我见过这个小流氓。这小流氓就是个垃圾,我告诉你,他竟然厚颜无耻地指责约西亚剽窃他……"毫无血色的老嘴唇里已经开始变得语无伦次了。

"但是，阿尔伯格先生，在警察找到枪或让约翰·泰特认罪之前，没有任何证据证明他有罪，我对此无能为力。关键是，我并不认为他有罪。"

"嗯？啊哈，泰特的家人给你钱了，是吧？"

"你好像脑子里只想着钱，你先说我是做学问的，接着又说我拿人家钱了，这两项指控都不对。"奈杰尔轻蔑的语气穿透了乌龟的外壳，阿尔伯格先生此时看他的眼神里多了几分尊重。

"我明白了，我明白了。好吧，那就算了。我喜欢敢于和我对抗的人。在我身边唯唯诺诺的人太多了。不过，我的提议还是有效的。"

"你的诉求是找到凶手，还是证明约翰·泰特就是凶手？"

"有什么区别吗？"阿尔伯格问道。

"泰特不是唯一有嫌疑的人。"

"胡说！"

"比如说，马克，现在有证据是指向他的。"

"我的儿子？这太离谱了！布雷迪从来没有告诉过我……"

"我想他是没有这个胆量告诉你。"

"那好，你来告诉我是怎么回事。"

奈杰尔说出了自己有关马克的精心推理，老人则在某些问题上提出了尖锐的质疑，不过，他最初的疑虑变成了不安，最后他说道："我是不太喜欢马克，我承认。我努力将他和切斯特抚养长大，让他们遵纪尽责，但马克总是阳奉阴违，离经叛道。大家都说我对他们两个都太严厉了，但我真的是为他们好。我曾一度担心马克会变成一个花花公子，但幸运的是，他似乎已经在这里安顿下来了。约西亚长兄如父，还有切斯特也在照顾他。"

"你知道其实切斯特和马克不太喜欢约西亚这个同父异母的大哥吗？他们不喜欢他向你搬弄是非，不喜欢他总是站在你这一边训斥他们。"

"也许吧，也许吧，"老人严肃地说道，"但做兄弟的不会因为哥哥严厉一点就杀了他吧。"

"约西亚有没有跟你提过马克和泰特小姐的关系？或者和切斯特的关系？"

"我知道，他去年春天说服切斯特和那个丫头分手了。他在一两个月前写信给我，说如果必要的话，他也可以让马克把那丫头甩了。"

"考虑到马克和切斯特喜欢同一个女孩……他们一直很亲密吗？"

"我敢说没有多亲密。他们两个是完全不同类型的孩子，切斯特从不胡闹，从不给人添任何麻烦，但他也没什么用。或许我不该这么说我自己的儿子，但他就是个没用的人，恐怕永远都是，一无是处。他大学毕业时，我本想好好栽培他，可他却成了一个教书匠。"阿尔伯格先生以极其轻蔑的口吻说道。

"你很难过。"

"不要误解我的意思，我很支持教育事业。我为卡伯特大学建造了这所学院，不是吗？约西亚在学术界备受尊敬，切斯特却在商学院教些没用的东西，一辈子纸上谈兵。"他那乌龟一般骨瘦如柴的脖子猛地向前一伸：“我是个上岁数的人了，斯特雷奇威先生，如果马克再出什么事，我就活不成了。无论如何，请你救救我的孩子。”

"不管发生了什么事，你都喜欢这个孩子？"

"是的，马克的身上流着我的血，他和我很像。我了解他，虽然他以前也打过架、把人从桥上扔到河里，但他是个会权衡利弊的人，不会干傻事。就算他在盛怒之下伤人，也决不会用这种奸诈的方式，就像可怜的约西亚那样被……"老人平静的声音开始颤抖了。

"希望你是对的，阿尔伯格先生。"

约西亚的父亲不久后就离开了，留下奈杰尔独自咂摸着他刚刚受到的对待：混杂着精明、伤感、专制和极端错误。他坐了很长一段时间，试图将阿尔伯格先生的这些品质区分开，并将其分别追溯到约西亚、马克或切斯特的身上，这是一项枯燥乏味的工作。

……

那天下午晚些时候，马克在窗户下的院子里叫他，奈杰尔把他请上了楼。

"怎么样？"奈杰尔问道。

"布雷迪放了我一马，暂时性的，但还得小心点。事实上，我更害怕你，你好像把此事变成一场智力游戏，诱使你的嫌疑犯朋友和你一起玩。"

"你的意思是说，你隐瞒看到约西亚尸体的事，布雷迪并没有对此多问？"

"表面上是这样，我怀疑他是在放长线钓大鱼。不过，管他呢，反正现在我解脱了。我问心无愧，除非哪个狗娘养的拿着所谓的真凭实据来诬陷我，不然我为什么要担心呢？"接受问询之后的马克·阿尔伯格此刻正处于亢奋阶段，满面春风，神采奕奕，无忧无虑。

"你没看见你父亲吗？他和依西杰一起吃午饭，我和他聊了一会儿。"

"是吗？他想卖给你什么？"

"是他想买我，他想把约翰·泰特送上断头台，这样你就安全了。"

"还有什么？"马克问。

"他告诉我，他对教育事业很满意。而且他显然对你有一种不太情愿的钦佩。"

"真的吗？从什么时候开始的？"

"他认为你是，只有一点点，是他的翻版，一个浪子回头的花花公子。我认为，向他透露你对裸体女人照片有低俗的爱好好像很不友善。"

"我的什么？"

"你订了《花花公子》杂志了，是吗？"

"我没有订，偶尔会买一本。怎么啦？"

"前几天你桌上就有一本，顺便说一下，它好像不见了。"

马克看起来对此事漠不关心。

"问题是，上面有一张插图被剪下来了。而同样一张插图，就是那个红发裸女，被人贴在了切斯特的照片上做成海报了。就是那天餐厅隔墙上贴着的那幅海报。"

马克难以置信地盯着奈杰尔，欲言又止。接着，他摇摇头，好像有只苍蝇在烦扰他："你是说那张海报是我干的好事？"他终于开口说话了。

"亲爱的马克，你戏弄你哥哥不关我的事。"

"但我没有！"马克大声说道，"我没有！我不会做那种可笑的事情。这不是成年人干的事。老师们是不会以如此幼稚的方式互相捉弄的。这个想法太疯狂了。嘿，我都要崩溃了，你认为有人会为了耍这样一个幼稚的把戏而拿自己的饭碗开玩笑吗？"

"不，不是因为这个。"

马克的脸上露出忧虑的神色："天哪！我刚才说的是……明白了，这是有人想要栽赃到我身上。"

第九章

"我脑海中的葬礼"

布雷迪警督闷闷不乐地在奈杰尔的房间里踱来踱去,好像一头困兽。

"这些人让我很沮丧。我能对付流氓,我知道他们脑子里都是怎么想的。但是大学老师可太难对付了!他们总是能想到我的前面,他们知道所有的答案,或者他们认为自己知道答案,活脱脱都是书本成精了。"

"马克·阿尔伯特告诉我,你似乎已经不怀疑他了。"

"我可以把他抓到警察局去,但那又有什么用呢?他进了他哥哥的房间，发现他已经死了，于是他又走出来，拍拍屁股走了。有可能是这样，可如果他已经开枪了，那他又回来干什么呢？"

"焦虑？害怕他自己留下了什么线索吗？"

布雷迪沮丧地摇了摇头："我一直在调查他，自从谋杀案发生后，我就派人一直调查他，可没发现他和这个案件有任何联系，再重复一遍，没有任何联系。"

"排除掉作案动机和时机，所以你就放了他，是在放长线钓大鱼吗？比如说等他对他另一个哥哥下手？"

布雷迪用他那双泛绿的眼睛锐利地瞥了奈杰尔一眼："完全有这种可能。但我希望他能帮我先摆脱阿尔伯格老爹，那个老狗娘养的就像发夹一样紧紧地咬着我。"

"你有没有想过这两兄弟有可能是一伙的？"

"嗯，这倒是个不错的思路！你给我说说看。"

奈杰尔解释了一番。在布雷迪看来，这套说辞听起来并不怎么高明。当奈杰尔谈到恶作剧的时候，警督发出了刺耳的笑声。

"这么说，你也信这套了，非常漂亮的推理。那当你告诉马克他哥哥那个红发裸女照是从他的杂志上剪的时候，他是什么反应？"

"他否认了。他看上去非常震惊。"

"嗯哼。"

"但事实是，他曾经拥有过这样一本《花花公子》，可现在却已经不见了。他认为一定是有人把这个证据栽赃给他的。"

"在这样的疯子学院里，我什么都相信，"布雷迪说，"为了证明两个人没有加害第三个人，一个家伙给他哥哥制造麻烦。除了这些，你还有什么更疯狂的建议呢？爱德华兹院长呢？也许他也有一些不想暴露的丑闻，也许约西亚抓到他和校长的妻子上床了。"

"我倒是可以给你提供一条桃色线索，但这可能只是一个次要情报。你和查尔斯·雷利面谈过吗？"

"就是那个红头发的家伙吗？写诗的？当然，例行问话了。怎么啦？"

"约西亚抓到他试图强奸苏姬·泰特了。"

布雷迪目不转睛地看着奈杰尔：嘿，你都调查些啥呀！你应该去给黄色小报写稿子，斯特雷奇威先生。"

奈杰尔把这个故事告诉了他："这里存在着作案动机，而且查尔斯在爱尔兰共和军里服役过，当兵的对于开枪这种事可太熟练了。"

电话铃响了，是打给布雷迪的，他记下留言后，转身面向奈杰尔："你又有一个漂亮的推理被推翻了。那天晚上没有一个叫切斯特·阿尔伯格或者符合他样貌特征的人从英国飞过来。我的两个手下带着他的照片一直在机场附近，他们查过乘客名单、海关检查和护照柜台，他们甚至在可能的国际航班上找过一些空姐。什么都没发现，他们很优秀，不会弄错的。"

"好吧，那似乎把切斯特排除了。你对约翰·泰特的调查有什么进展吗？"

"他是个怪人，精神病分析显示他有狂躁抑郁的倾向。医生一直在努力研究他，试图搞清楚在找到尸体和自首这一系列事情中，他究竟扮演什么角色。我们现在还有相当长的路要走。泰特的记忆也在慢慢恢复，但我们还没有找到任何目击者能确定看到过他。我们去了泰特认为他可能去过的咖啡馆和餐馆附近调查了。"

"以防他把枪扔在那里吗？"

"他的口供我们必须去核实，这也有助于应付阿尔伯格老爹。倒不是说我信他的说法，其实我一点也不相信。"

凶案小组一大帮成员的追捕都无功而返，这让奈杰尔感到非常内疚。但现在让他们不再抱希望就有点晚了，奈杰尔那煽风点火的性格又让他不依不饶："苏姬·泰特告诉我，你的人为了套她的话，对她说约翰已经认罪了。你们这么干可是不合规矩的。"

布雷迪的目光很严厉："我们是在调查一起谋杀案，不是在下西洋棋。这个女孩和你有什么关系？"

"认识而已。"

"是她把他藏起来了吧？她知道他藏在哪里对吗？"

"是不是这样已经无关紧要了，反正你现在已经抓到了泰特。听着，布雷迪，你真的认为他是杀人犯吗？"

"无可奉告。"

奈杰尔叹了口气："把矛头对准查尔斯·雷利，这没有什么坏处。"

"你认为查尔斯才是杀人犯？"

"无可奉告。"

……

"查尔斯昨晚和朋友们在康科德住了下来，我想今天晚上开车把他带回来。你愿意陪我去吗？"

"那太好了，切斯特。谢谢你。"

"很遗憾，马克不能来了。他会是一位知识渊博的文学朝圣向导。"

奈杰尔立刻表达了自己对文学朝圣的敬谢不敏，并坦率承认从未读过《瓦尔登湖》。

切斯特似乎有些失望。他搭讪着说道："瞧，每年的这个时节，树林应该是五彩缤纷的。"

他们在灿烂的阳光下驱车出城，远处的蓝天上慢慢显露出一条蒸汽痕迹。切斯特穿着一套黑色西装，戴着一双黑色手套，头上戴着一顶软呢帽，像往常一样小心地应付着周日上午路上行驶的车辆。车里的暖气开到最高档，奈杰尔已经觉得昏昏欲睡了，他逐渐习惯了这种无聊的旅行，当然，也可以是演讲。

为了让自己保持清醒，他开腔说道："我和你父亲谈过了。"

切斯特并没有将目光从前面的路上移开："是吗？你知道的，我觉得对于他这个年龄的人来说，他经受住了考验，表现得非常出色。"

"我也这么觉得。"奈杰尔说。

"我不知道你参加了约西亚的葬礼。"

"哦，不是那样的，我没去参加葬礼，我知道那是个大场面。"奈杰尔急忙解释。

切斯特说了一下葬礼当天的情况，列举了出席葬礼的学术界要人，并简要介绍了校长的悼念词。

不一会儿，他们驾车穿过一个新英格兰的村庄，经过一座白色板墙做的教堂，教堂有一个优雅的尖顶，旁边还有一块墓地。

"我脑子里似乎挥之不去的是土块掉到棺材上的声音。"切斯特出人意料地说道,"就这么结束了——而且还有点平庸。当时,我无法对牧师的悼词做出任何反应,就像被麻醉了一样。"

奈杰尔引述了一首诗:

我感觉脑海里有一个葬礼
还有穿梭来往的哀悼者,
不停地踩呀踩,直到看起来
那种感觉正在打破。
当他们就座时,
服务像鼓一样
不停地敲打,敲打,直到我以为
我的头脑变得麻木了。

"是的,"切斯特冷静地说,"就是这种感觉。"

"哀悼者穿梭来往,一派不可避免和徒劳的画面。怎么了,切斯特?你还好吗?"

切斯特把车停在路边,打开了一扇窗户。

"对不起,我想我是一时受不了了。"

"车里太热了。"

"约西亚和我有分歧,但是血浓于水。我现在才知道,原来哥哥去世时,他会带走你的一段过去,你生命中的一段过去。"

秋风吹过汽车，冰冷且夹杂着松香的味道。瑟瑟发抖的切斯特关上了车窗，继续往前开。后来他们在路边的一家咖啡馆停了下来，奈杰尔在那里狼吞虎咽地吃着蓝莓甜甜圈和一个特大号的巧克力冰激凌，而他的同伴则吃了一顿精心挑选、营养均衡的午餐。奈杰尔觉得，这顿午餐一定是严格按照某位营养师的食谱做的。在康科德，切斯特径直朝树林走去。在这个秋季的星期天，树林披上了一件约瑟夫式的彩色外衣，枫树、漆树和桦树的叶子占了主导地位。他们沿着小路走到蜿蜒伸向远方的湖边，坐下来欣赏这番风景。自打梭罗[①]从他隐居的小屋凝视过之后，这里就未曾改变过。切斯特脸上的紧张表情似乎已经消失了：他深深地吸了一口纯净的空气，身体也开始放松了，就像是一个终日忙于工作的人终于偷得浮生半日闲。

然而，大自然的美景虽然能够吸引奈杰尔，却很难让他沉溺于此。奈杰尔还是喜欢研究人类的关系和行为。他问道："马克带苏姬出去玩了一天吗？"

切斯特努力回到日常世界："我想，他是这么计划的。"

"也许，他们现在结婚也不会遭到以前那样强烈的反对了吧。"

"不会吗？我不明白。至少父亲肯定没有改变他的想法，不是吗？他对你说过什么吗？"

"我在想约西亚，苏姬告诉我，他对此事也极为不赞成。"

切斯特看起来很困惑，他皱了皱眉头说道："这也太夸张了。"

---

① 梭罗（1817-1862），美国作家、哲学家、超验主义代表人物，著有《瓦尔登湖》。

"嗯，当你和她恋爱的时候，他似乎也是强烈反对是吧？"

"哦，你知道，对我来说，没有什么是确定的，"切斯特闪烁其辞地说道，"无论如何，马克更适合她。"

"我原本并不认为他是认真的。苏姬是那么真诚的一位姑娘，也很有魅力，她不会满意马克的轻佻傲慢的，是吧？"

切斯特不自在地抽动了一下嘴角："我还没和她讨论过他，马克想要什么总能得偿所愿。"

"小丑抓走了皇后？"

一片桦树叶子盘旋着落在切斯特的膝盖上，他并没有将它拨弄掉。

"我不太明白你的意思。"

"哦，他年少时是个有点荒唐的人，不是吗？"奈杰尔停下来点了一支烟，"现在呢，他还这样吗？"

"马克现在完全是个相当有责任心的成年人。"切斯特坚定地回答。

"这么说，他手里那本《花花公子》杂志上的裸体照被剪掉——就是海报上配着你照片的那张——只是一个巧合？"

切斯特僵硬地盯着他，左嘴角不停地颤抖，接着他伸出一只手捂住了嘴："但那……我简直不敢相信。你对你说的这些事有把握吗？"

"相当有把握。"

"可他是怎么说的呢？一定有什么解释吧？"

"他说，一定是有人栽赃到他身上的。"

"嗯，肯定是这样，不然还能是什么呢？"

"那本《花花公子》杂志此后就不见了。如果是别人把它栽赃到马克身上的,那为什么那个人还要费劲把它拿走呢?"

一阵阵微风吹皱了瓦尔登湖白蜡色的水面,奈杰尔胡乱地想着,美国人的思维好奇怪,这么大的湖他们也当成池塘那么写。

"不,不。说真的,我永远不相信马克会这样。"不过,切斯特的眼睛还是有一种不安的神情,而且他说话的口气也好像是要尽力说服自己一般。

"今年你这样被整蛊不是第一次了。马克年轻时干过这种荒唐事吗?"

"哦,我想你可能会说……是的,他是捉弄过我。他喜欢捉弄我,但那只是在情绪激动的时候才会这样。你知道的,我对他从来没有成见,我们兄弟中间只是马克有情绪。他也捉弄过约西亚一两次。"

"这是另一回事了,"奈杰尔坚持说,"不管是谁干的,明显这都不是一时冲动,可能是情感上的不成熟,往往会形成某种行为习惯,但并不能成为某种动机。你家族有精神错乱史吗?"

切斯特看上去很吃惊,感到有些被冒犯了。"当然没有。"他抗议道。

"你确定吗?"奈杰尔平静地问。

"马克一直都很正常。"

"那你自己呢?"

切斯特脸红了:"你问的问题真是太离谱了,我不明白你为什么会觉得……好吧,如果你一定要知道,我17岁时精神崩溃过。但我不明白……"

"偏执狂倾向?"

"听着,奈杰尔,我讨厌这种……这……这太无礼了。"

"但这切中要害啊。除了你家人外,还有人知道这次精神崩溃吗?"

"我想没有。当然,还有医生。"

"所以,如果有人想再次扰乱你的精神,他会……哦,也许他会让你觉得自己受到了迫害。恶作剧是一种相当邪恶的迫害形式。"

切斯特坐着的时候,双手依旧戴着黑色的羊皮手套,悬在膝盖之间,身体前倾。

"除了你的家人,没有人知道你这次精神崩溃吧?"奈杰尔追问。

"好吧,好吧,你不必再说出来。不过肯定是什么地方出了问题。马克为什么要这样对我?这样做毫无意义,这也太离谱了。"

"哦,不,不是这样的。亲爱的切斯特,我对这事可要说一些过头的话了。如果你疯了,或被送到精神病院了,而且你同父异母的哥哥也死了,那谁会得到你父亲的财产呢?"

一阵可怕的狞笑从切斯特的口中发出,两只松鼠被这声音惊扰,疯狂地爬到他们左侧湖边附近的一棵树上。两个缠绵的恋人漫步着从附近经过,好奇地瞥了一眼奈杰尔。

"前几天你说我必须提防马克,我还以为你在开玩笑呢。"切斯特的声音几乎听不见了。

"我说过吗?"

"只是推理结果如此,不是吗?"切斯特生硬地说,"你不是真的相信对吗?"

"推理而已。"

仿佛是被奈杰尔后来的那些话打消了疑虑,切斯特跳了起来,在一片落叶中孩子气地趟了好几分钟,最后提议一起去看看康科德的风景。在短途行驶中,奈杰尔偷偷地研究了这位司机的轮廓。从侧面看,切斯特小小的脸孔长得还算好看:薄薄的嘴唇,匀称的鼻子,小小的耳朵。像他爸爸吗?一样有一种淡淡的自我满足感的表情,也许是嘴角像?和他的房间一样,切斯特的五官也洁净得出奇。在他的谨慎和循规蹈矩之下,是否有一种过分控制的怪异?毫无疑问,他很圆滑。然而,奈杰尔今天又一次对这光滑表面突然出现的裂缝感到吃惊。让光滑表面破裂的压力是什么呢?如果把切斯特想象成一座情绪火山,那控制情绪的压力得有多大。

在康科德,凭借切斯特从他的储物箱里拿出的一张城镇地图,他们查到了梭罗、爱默生、霍桑和路易莎·奥尔科特这些名人的故居。接着,他们还在睡谷公墓里找到了这些名人的长眠之地。这块墓地在树林中高低起伏,其间点缀着微型星条旗,标志着这里也是美国大兵的安息之所。这里的观光客和城里人一样安静有序,更像图书馆里的研究人员,而不是星期天郊游的人。认为美国人只生活在当下和未来是错误的,与许多欧洲人不同的是,他们有意识地尊重自己的过去——也许是因为他们仍在学习、创建历史。奈杰尔突然想起了福克纳,这位密西西比的大作家全神贯注地追溯着一个小地区的历史,就像一个情人深情地爱抚着他情妇娇艳的脸。

切斯特似乎已经从沮丧中完全恢复过来,他更像是一名导游和老师,坚定地要带着奈杰尔去参观河边大桥旁的民兵青铜雕像,以纪念这些美国农民在独立战争中取得的第一次胜利。

"'全世界都听到了枪声',"切斯特援引他人的话说道,"从这里,我们把你们的英国士兵赶回了莱克星顿。"

奈杰尔仔细研究着雕像:"就雕像本身而言,确实不错。英雄主义还是有一席之地的,"他补充说道,"可说到底还是手足相残。"

言者无心,听者有意。切斯特的脸抽搐着紧绷起来,稍后他又放松了下来。

"我们就不能不谈这事吗,哪怕就一小时?"他苦笑着问道。

奈杰尔眨了眨眼睛,然后迅速说道:"对不起,切斯特。我说的是莱克星顿的枪声,美国人打英国人。"

"某种程度上说是这样,但这场战争让我们显示了自己的力量,这种事有其必然性。"

一个拿着一架大照相机的小男孩礼貌地问他们是否愿意让开,他想拍摄这个民兵雕像。

他们走开了,路过一个卖热狗和花生的小摊。头顶上的树叶发黄了,河流在他们身后打了个弯,在夕阳的余晖中睡着了。

"动不动就要纳税,"切斯特继续说,"我们反对的就是这个,你们英国人只把我们当作一群不守规矩的殖民地暴民,就像你们对待爱尔兰人那样。"

"嗯,我们已经很好地认识到这个问题了,我们确实认识到了。"

"你们已经认识到的是,当被奴役的人民把自治权从你们手里夺回的时候,如何显得姿态优雅一点吧。"切斯特挑衅地说,"但显然你还不知道如何处理这个问题。"

"你很钦慕权力吧？是这样吗？"

"权力当然是必要的，群众必须用权力去治理。眼下，只有少数人有能力或勇气行使权力。"

"你想从政？"

"也许我会的，就这样。"

"我本以为，在一个把权力和金钱等同起来的国家里，你更适合做一个幕后大佬——教父。"

"钱有什么不好？"切斯特严厉地问道。

"没什么，这要看你是如何获取，或是如何管理了，它可能成为邪恶的东西。"

"金钱，"切斯特说道，"是西方文明的命脉。金钱，以及由此产生的一切：改善了通讯、医药，促进了科技进步和生活水平的提高。"切斯特的眼睛里闪烁着光芒。他兴致勃勃地说了一大车的话，就像是他在对商学院学生发表开学演讲。奈杰尔心不在焉地听着，努力克制住自己视金钱如粪土的倾向。和那位无法忘记土块落在他哥哥棺材上声音的切斯特相比，眼前这是一位完全不同且不那么有趣的切斯特。

"你父亲的财产到手以后，"他随即问道，"你打算怎么处置？"

切斯特咧着嘴几近顽皮地笑了笑："哦，我心里有好几个计划呢。"

"做慈善吗？"奈杰尔也咧嘴笑了笑。

"你可以这么说。总之，它们应该用在对国家有用的地方。"

奈杰尔心里想，哦，好吧，如果他想装腔作势又谨小慎微，那就随他去吧。他的意思是,他吃肉的时候，还是愿意给其他人分上一点肉汤的。

"在管理层,"切斯特继续说道,"哪怕是你们最大的联合企业都有缺陷……"他说服奈杰尔返回汽车上,前往康科德。对于谈话的内容,奈杰尔则关闭了注意力的阀门,就像艾米丽·狄金森所说的那样,像一块石头。不过,他对这些话的潜台词仍然保持着警觉。切斯特对他的那些计划充满热情,就像他对自己实施这些计划的能力充满信心一样。究竟是天才的自信,还是孩子自夸的幻想,奈杰尔没有办法确定。有一件事变得清晰起来:那就是切斯特将比奈杰尔想象中要富有得多。与他父亲那简单粗暴的赚钱方式相比,他的方法应该算得上是一台高度精密的计算机。也许阿尔伯格老爹大大低估了他这个儿子,但同样可能的是,切斯特的金融梦想宫殿也可能太过虚无缥缈,其高效运转的前景可能只是镜花水月……

在一番有关文化和金融的高谈阔论之后,他们捎上查尔斯·雷利,开车回家。此时,切斯特说道:"希望你这次玩得愉快。"

"愉快?"查尔斯沮丧地回答,"我被迫朗读我的诗歌。"

"我还以为这非常适合你呢。"奈杰尔说。

"当我成为众人关注的焦点时,我不反对朗读我的诗歌。"查尔斯咆哮道。

"难道你不是焦点吗?"

"我不是。我的主办方是写诗的,"查尔斯带着恶意的语调说,"那家伙只是拿我当幌子,主要是为了炫耀他自己那几首歪诗。他昨晚一直在读他写的那些打油诗,足有几个小时,如果不是我'不小心'弄翻了放饮料的桌子的话,他还会继续读呢。"

"爱尔兰吟游诗人碰上了美国打油诗人。"奈杰尔大笑道。

"马克说,塞拉斯·恩格尔伯特名气很大的。"切斯特插嘴说。

"我告诉你,塞拉斯·恩格尔伯特既不会写诗,也不会朗读诗。"查尔斯有些暴躁,"他啥也不是,充其量是个会发声的自慰器,一根能吹响的管子就能叫风琴了?"

他们稳稳当当地驶离昏暗的乡村。查尔斯在后座上又开始闷闷不乐地嘟囔起来,直到切斯特从仪表盘的小柜子里拿出一瓶啤酒递给他:"查尔斯,这能让你高兴起来吗?"

"一个米娅把我带走了……"诗人一边大口喝酒,一边嘟囔着。

"米娅?什么东西?"奈杰尔问道。

"一种解释不清的情绪,我感到厄运正在向我逼近。"

"那就说说吧。"奈杰尔直接地说。

"事实上,我做得更糟。我记得,有一次在科克经历了这种可怕的米娅,就是他们枪杀凯文·奥希金斯那天。消息传来的当晚,我碰巧在一家酒吧里——他是在去做弥撒的路上被杀的。我一整天都感到绝望。事情就是这样。"

"听起来确实是个很大的打击。"奈杰尔急促地说道。

"哦,是的。酒吧里有个小伙子,我们都像溜冰鞋一样呆呆地坐在一起。我记得他最后站起来说:'这是一件可怕的事情,一件非常可怕的事情。当然,他们为什么不能等一个小时,等他做完弥撒出来的时候再开枪呢?'"

奈杰尔随即大笑起来,切斯特疑惑地问道:"可我还是不明白,为什么那样会更好。"

"愿上帝保佑我远离异教徒！告解，孩子，告解。愿你的罪恶能得到宽恕。"

"我就是不明白，"切斯特坚持说，"你是说这个奥希金斯会因为没有忏悔而下地狱什么的吗？真的，查尔斯，你非得要这么迷信吗？如果奥希金斯是个好人……曾经是个好人……他为什么要受到惩罚呢？"

"但是，谁知道另一个人的灵魂会犯什么样的罪行，隐藏什么样秘密的罪恶呢？"查尔斯忧郁地回答。

"哦，胡说八道！"切斯特脱口而出，戴着黑色手套的手则紧紧地握在方向盘上，"对不起，我不是有意冒犯你的信仰。我想，据我们所知，奥希金斯会因很多谋杀而感到良心不安的。"

"谋杀？"查尔斯的声音像牡鹿的铃铛声一样洪亮又深沉。

"嗯，我的意思是，陷入政治动乱，你知道的，然后就是你们的内战。"

一番巨大的努力之后，查尔斯控制住了自己："你的意思是，一名士兵在为自由而战的战争中杀死一名敌人时，那也算是谋杀吗？"

"哦，你们的内战是一场自由之战吗？是为了谁的自由呢？据我所知，这只不过是还清一笔旧账罢了。"切斯特表现出的好斗让奈杰尔大吃一惊，他继续轻描淡写地说道："切斯特，你必须认识到，爱尔兰人对英国人拥有永久的射击权。"

查尔斯突然对他展开反击："为什么不呢？三百年来，你们英国人一直是我国的敌对驻军。难道没有什么能让你们这些蠢蛋明白吗？尽管我宁愿要克伦威尔或坦恩家族，也不要像查尔斯·伍德或特里维扬这样的高尚混蛋,他们在爱尔兰马铃薯饥荒爆发时犯下了种族灭绝罪行——这一切都是为了自由贸易的神圣原则。"

"但这一切和你们的内战有什么关系?"切斯特问道。

"那不一样,这个国家必须安定下来。美国也一样发生过内战,你也把参加内战的士兵称作杀人犯吗?"

"好吧,好吧,我换一种说法。"切斯特摇摇头,"奥希金斯会因为很多人的死亡而感到良心不安。满意了吧?"

"是在他的头脑里,而不是他的良心上。那是统治集团批准了自由州政府为恢复秩序而采取的步骤。"

"1916年新芬党起义时,他们没有这样做。"切斯特坚定地说,"教廷是反对你们的。"

"这么说你读过一些历史。啊,好吧,教廷也不是绝对正确的。但是他们改变了主意。你还记得叶芝的诗歌吗?……一位修士或大主教举起手/向三色旗祷告/'这不是,'我说/我年轻时死去的爱尔兰,而是/诗人们想象的、可怕又快乐的爱尔兰。"

"是的,就连威利·叶芝最终也改变了主意。"

听了他们的谈话,奈杰尔意识到他们三个人内心是多么紧张。为什么呢?也许这就是休假回来重返前线的士兵们的心情吧。在后排的座位上,可以听见查尔斯又开始抱起酒瓶喝起来了,他并没有打算和大家分享。仪表盘上的灯光在切斯特的脸上投下微弱的亮光,他的面容令人捉摸不透。奈杰尔自己也感到不安,大家都在谈论枪击和谋杀,谈话内容怎么会变得如此邪恶呢?当他们接近城市的时候,在车前灯和路灯的人造光线下，那些特别的加油站、小吃店、木屋、电话亭、喧闹的广告牌，呈现出一种纯粹怪诞的面貌。因此，与其说这是一座城市粗制滥造的郊外风光，倒不如说是存在于意识中的超现实幻想。

当他们在霍桑学院大门口下车时，管理员拦住奈杰尔，递给他一张纸条。是布雷迪警督的留言，请他回个电话。奈杰尔急忙赶回自己的房间。

"请帮我接布雷迪警督。我是奈杰尔·斯特雷奇威，从霍桑学院打来的……你好，布雷迪，我刚从乡下回来。"

"我想你肯定很愿意知道这个消息：我们找到枪了。"

"是吗？在哪里？"

"就藏在市中心一家咖啡馆后院里的一堆旧纸箱里，约翰·泰特告诉我们他去过那里。"

奈杰尔哑口无言，目瞪口呆。幻想变成了现实，狠狠地踢了他一脚。

"能听到我说话吗？"布雷迪问。

"是的，我能听到，"奈杰尔说，"你怎么知道就是那把枪？上面有泰特的名字吗？"

"与死者身上的弹孔口径相同。"

"这种相同口径的手枪得有几百万支吧？枪上有指纹吗？"

"啥也没有。里里外外都擦拭过了。"

"这个人思考得真是缜密。我得说，约翰·泰特能告诉你去哪里寻找武器，真是考虑周到。这么乐于和警方合作的杀人犯现在可是难找。"

第十章

供认和勒索

第二天早上,奈杰尔一边刮胡子一边想,整件事情太荒谬了。要不是纯属巧合,就肯定是有人刻意为之。约翰·泰特明明一直藏在她姐姐楼上的黑人家庭里,那些向警方供述的行踪都是瞎编。吊诡的是,警察居然在他假装去过的一家咖啡馆里找到了一把手枪,连口径都是吻合的。

但这些能说明什么呢?就算是约翰和他姐姐都没有说谎,但他或者她,也完全可以伺机走出来把枪藏在市中心的咖啡馆里,这样也能说得通。苏姬这个女孩说瞎话也是张口就来,和她的狂放美国式的做派一样令人难以捉摸。

其实警方如果认真进行检验的话，也不难，就算是同样口径的手枪，每一把手枪的枪膛线和造成的弹痕都不同，就像人的指纹一样独一无二。只要认真比对，就能发现杀害约西亚的子弹究竟是不是那把手枪打出来的。不管怎样，我都没有必要向布雷迪坦白我在苏姬家里找到了约翰。正如赛德曼和奥康奈尔令人信服地指出那样："在一颗子弹上，我们可以找到特定枪管的全部特征。如果能在显微镜下检查人类的怪癖，那将省去不少麻烦。"

奈杰尔有了一个想法，他拨了院长的电话号码，不过是梅接的电话。

"依西杰刚刚离开，他飞去纽约参加会议了。我想他今晚晚些时候会回来的。有什么需要帮助的吗，奈杰尔？你还在听吗？"

"哦？嗯。是的，梅。抱歉。我记得第一次来时，依西杰给我说过什么事情。"

"你听起来很奇怪。没啥事吧？"

"我很好，谢谢。只是我刚才踢到自己了，感到有点酸痛。"

奈杰尔挂断了电话。他和布雷迪约了 10 点钟见面，他还有时间吃个早餐，然后来一趟卡伯特警局之旅。他坐着出租车进了城，接着来到布雷迪辖区的派出所。

"看来又是一个好天气。"警督说着，若有所思地打量着奈杰尔，仿佛在猜想他会从哪里下手推理。

"你辨认出那把枪了吗？"奈杰尔问。

"枪号已经被锉掉了,弹道测试送去做了,应该很快会拿到结果。"

"你是个赌徒吗?"

"怎么啦?"

"我敢打赌,你找到的枪并不是杀死约西亚·阿尔伯格的那一把。"

"还没验证呢。不过你似乎对自己很有信心,斯特雷奇威先生。"

"如果约翰·泰特杀了约西亚并把枪藏在那里,他就不会告诉你那家咖啡馆的名字了。他还没那么蠢。"

布雷迪不置可否,他拿出一包切斯特菲尔德牌香烟,从桌子对面扔给奈杰尔一支。

"任何一家咖啡馆的老板,甚至顾客,听说警察在该地区的咖啡馆周围四处查找时,都有可能会把枪藏起来。"奈杰尔接着说道。

"当然,当然。"

"你听起来非常冷漠。"奈杰尔有点恼火地说道。

布雷迪用最坚定的眼神看了他一眼:"我看是你太激动了,我记得你说过约翰·泰特不是你的客户?"

"我对他们很感兴趣,但他们并没有聘请我。"

"也许这对泰特小姐来说很残酷。"

"为什么?"

"你看,她刚刚认罪了。"

"认罪了?苏姬吗?"奈杰尔以为她承认在谋杀案发生后曾庇护过她的弟弟,便暗自庆幸自己没有先跟布雷迪说,他喃喃自语,"你一定是疯了。"

警督从抽屉里拿出一个装有打印纸的文件夹，放在了桌子上。接着，他解释说，在搜查人员带来枪的前一天晚上，约翰·泰特的律师与泰特面谈了，泰特对手枪的事一无所知。律师可能在此之前就已经告诉了苏姬手枪的事，所以她今天一大早就来到警局并承认了一切。"给你。"布雷迪轻轻敲了一下文件夹。

"但你不能当真，"奈杰尔反驳道，"你不知道她的为人，她是个堂吉诃德式的疯子，她会不惜一切代价保护她的弟弟。"

"好吧，那女人是疯了，但我盘问了她几个小时，她把整个故事都讲清楚了。有趣的是，我们还在这里监控了他们两人的会面，泰特对发现尸体的事情只字未提。哦，如果在那之前她没有和他联络的话，那她怎么可能把谋杀的每一个细节都说对了呢？"

为了拖延时间，奈杰尔问道："我可以看一下吗？"

"当然。"

这无疑是奈杰尔读过的最令人印象深刻的供词。在苏姬的供述中，她精心策划了这起谋杀。她安排约翰 10 点 30 分去和约西亚见面，而她自己则在 10 点前几分钟前往约西亚的办公室。

她穿着长裤、厚外套，戴着一顶遮住头发的男式帽子，这样即便是被人看到，也不会被人认出来。她穿过公寓大楼，来到约西亚的办公室，敲响了门。约西亚开门让她进去后，她开始替弟弟向约西亚求情，请他与校方商量让弟弟回到卡伯特继续学业。但约西亚拒绝了她，于是她绝望了，当食品小贩开始叫卖时，她走到桌子后面，对着约西亚的太阳穴开了枪。当食品小贩的叫卖声渐渐远去，她离开了办公室，情急之中忘了锁门。

在供词中,整个事件的发展走向非常合理。尤其是,在布雷迪的严厉质问下,她居然准确地描述了那间办公室,约西亚在办公桌前的位置、伤口、躺在地板上的尸体,以及她想到没有锁门时的恐惧心理。甚至在她离去后,她弟弟接着走进那间办公室时,刚好就能撞见那具尸体。

苏姬对她的作案动机也描述得同样准确:她憎恨约西亚毁了约翰的前途,又害怕他把查尔斯·雷利骚扰她的事公之于众;因为约西亚一直想让马克与她断绝关系,因此约西亚也有动机去要挟苏姬。

"嗯,"认真地读完供词之后,奈杰尔说道,"太糟糕了。但这里最大的矛盾点是,她说她把枪藏在那个咖啡馆里,她这么说的话……"

"她没有说她把枪藏在咖啡馆。她说的是,事发几天后她把枪扔到格兰特桥下了,这是个扔枪的好地方。那里的水有潮汐,很深,而且水底有淤泥,所以扔掉的枪很难再被找到。"

"好吧,她的嫌疑确实越来越大了。不过,她说了她是从哪搞到枪的吗?"

"她在南部参加一场支持取消种族隔离的和平游行时,一位朋友借给她的。她说她平常没有随身带着枪,而且她也拒绝向我们透露这位朋友是谁。"

一个便衣男子进来对布雷迪耳语起来,然后布雷迪摆弄着桌上的一把裁纸刀,说道:"你赢了,斯特雷奇威先生。结果是否定的,致命的一枪并非出自咖啡馆找到的那把手枪。"

沉吟片刻后，布雷迪又说："我问过我自己两件事情：第一，如果她没有杀约西亚，她是怎么得到这些信息的呢？她在想些什么？"

"那第二件事呢？"

"第二就是，一个不习惯开枪的女人，真的能做到干净利落地一枪毙命吗？不！她会闭上眼睛，把整匣子弹都扫射到对方身上，当然，也可能不闭着眼睛。"

"那你打算怎么处置苏姬呢？"奈杰尔问。

"也许会让她冷静一两天吧。"

"但是你没有理由扣押她的。"

"她已经认罪了，不是吗？"

"我想和她谈谈。"

布雷迪奇怪地看了奈杰尔一眼："但她拒绝和你谈话，事实上她特意告诉我不要让你见到她，她甚至都写到供词里了，以防你认为我们一直在给她施压。"他递给奈杰尔一张纸，"都说了，她是个疯子。"

那张纸奈杰尔看都没看一眼，只说："嗯，很好。那回头抽空给她送点饼干就得了。"

轮到布雷迪奇怪了："怎么回事？你不是很想帮她脱罪吗？"

"我不认为她是凶手。但首先，我希望她活着，至少她在监狱里是安全的。"

"老天啊！你不会跟我说有人在追杀她吧。"

"没有。但我估计不久还会发生另一起谋杀案，到时候苏姬和约翰因为已经处在政府的管控之下，肯定就不会有人怀疑是他们干的了。"

"嘿！你是认真的吗？"

"是的。现在最好的办法就是引蛇出洞。你可以对媒体公开，说你们拘留了约翰和苏姬。"

布雷迪警督若有所思地又点燃了一支香烟："说清楚点。我就是个笨蛋警察。"

奈杰尔花了半个小时才把事情说清楚。布雷迪的态度则从起初的怀疑转变为惊讶地接受。

"有可能行得通，"他在听完奈杰尔解释后说道，"但是你能处理好你那部分问题吗？"

"我希望如此。这个险必须得冒。如果你在进行必要的调查之前成功地引他现身，那么这颗隐藏的氢弹可能就会爆炸了。当然，事情必须办得不露痕迹。"

"这我能不知道吗！"

他们讨论了不少方法和手段。奈杰尔确信，他现在知道凶手和下一个受害者的身份了：布雷迪也几乎被说服了。但是如何在不引起某人警惕的情况下挫败他呢？进行必要的调查需要一些时间，而且他们的调查结果是否能够支撑下一步的计划也是个问题。时间紧迫，必须要让这个藏身暗处的凶手相信，警方已经深信苏姬或泰特就是凶手。

"如果你确定是他，我可以派一名警察盯住他。"布雷迪说。

"不行，打草惊蛇了可不好。"

"老虎也有打盹的时候啊，不是吗？"

"我的意思是，他应该不会用常规的方式去再次下手。没有匕首、炸弹、枪什么的。他非常狡猾。"

"但根据你的分析,下一个受害人很可能就是你啊。"

"有必要的话,要不你把我也关进牢房里好了。"奈杰尔说,"要知道,你可以的。"

布雷迪看着他,满脸迷惑的表情:"等下,刚才你说的那些,似乎我也能看作是一种口供吧。"

"还不明白吗?苏姬是在庇护约翰,他就藏在她的房子里。我是在那里找到约翰的,也是我叫他去自首的,没错,约翰来自首是因为我。"

"这一点很值得怀疑,"布雷迪的语气非常冷淡,"你可能会给自己惹上大麻烦的,斯特雷奇威先生。"

"但你在霍桑学院很需要我这样一个代理人。"

"你是在浪费我手下的时间,让他们在市区瞎逛。只是为了不让那个疯女人脱罪。在你这个年纪,我猜——哦,好吧,随它去吧。"警督抬头望向天花板,那里空空如也,然后他说,"在你右手边的边桌上,斯特雷奇威先生,你可以看到一个盒子。欢迎心怀感激的公众向我们的警察福利基金捐款。该基金会为生病但值得帮助的警察购买一些慰问品。"

"我可真没想到人在警察局都会被敲诈。"

"活到老,学到老。如果能让你感觉好点的话,"布雷迪依然面无表情地说,"你可以称之为罚款。"

"五十美元的罚款也许合适?"奈杰尔把一些钞票塞进了盒子里。

"我们非常感激。你那边有什么发现就告诉我。"布雷迪突然咧嘴笑了笑，像一道阳光，"尽量别惹麻烦。"

……

"我之前给你打电话，"马克说，"打了两次。但整个下午你好像都在打电话。"

"不好意思，那是个越洋电话，打给克莱尔的，我们有很多话要谈。"

"克莱尔是谁？"

"我女朋友，克莱尔·马辛格，她是一个雕塑家。"

当时是晚上6点30分，两人坐在马克的房间里喝酒。

"昨天过得好吗？"马克问。

"非常有趣。"

"很抱歉，我没能和你一起去，我和苏姬有个约会，那个女孩似乎很欣赏你。你知道吗？"

"年轻人总是一时兴起。顺便问一下，你今天有她的消息吗？"

"没有，我应该有吗？"马克停顿了一下，"她没有惹什么麻烦吧？我的意思是说，还有什么麻烦吗？"

奈杰尔不置可否地看了看他的同伴："她今天早上去找布雷迪并提供了一份供词，说是她杀了你哥哥。"

马克·阿尔伯格坐在椅子上僵住了，他的眼睛盯着奈杰尔，似乎无法集中注意力，他的身体开始颤抖。

"但那是不可能的，太荒谬了。"他终于开口说话了，声音很低，仿佛是一个人被囚禁了很久后初次发声一般。

"对不起,马克,是真的,我看到了她的供词。至少从她的供词上看,那是真的。她的供词非常连贯易懂,所以就连布雷迪也没办法质疑这份供词,他们警方其实并不会轻信某个人的供述。"

"你相信那份供词吗?"马克焦虑地问。

"问题是布雷迪是否相信。不管怎样,他还是会因为怀疑拘捕她的。明天的报纸上就会登了。"

"但为什么呢?"马克差不多抱怨地说道。

"她为什么要杀他,还是她为什么要招供?"

马克用拳头狠狠地砸在桌子上,木头都被震裂了:"她为什么要去招供?这个该死的傻瓜!她为什么要这么做?"

"为了保护她的弟弟吧?她担心他们会指控他犯罪。她是个不切实际的女孩。你昨天没发现她很担心吗?"

"没有,最近几天和平常差不多。她不是……很健谈。"

奈杰尔沉思地盯着他看了很久:"当然,也可能有其他原因。"

"什么原因?"

"她可能是为了你才这么做的。"奈杰尔说。

"我的原因?"

"她知道你也受到了警方的怀疑。可能她知道得更多吧?"

马克现在措辞谨慎了,好像正在穿越雷区:"知道更多?更多关于什么的?你想说什么?"

"更多关于你在案发当晚的行踪。"

马克发出刺耳的笑声:"哦,看在上帝的分上!你的意思是说,我向她坦白我杀了自己的哥哥，而她又以高尚的方式为我掩盖犯罪事实吗？你女性杂志看多了吧。"

"在现实生活中，女性也可能是疯狂的英雄。我知道有这么一个女人，尽管她知道自己的儿子强奸并勒死了一个十岁的女孩，可还是坚持给自己的儿子作不在场证明。"

"我不认为那是英雄之举。不管怎样，我不是苏姬的儿子。如果有人是，那也是约翰。她不会为我干这么夸张的事情的。"马克懊恼地看了奈杰尔一眼，"见鬼，我还想再来一杯。要我给你也弄一杯吗？"他忙着去拿酒瓶："他们会让我见她吗？"

"去问问布雷迪吧，她不肯见我。"

"为什么会这样？"

奈杰尔耸了耸肩。

"你说明天的报纸上会刊登这则消息？"

"也可能是今晚的报纸上，但我想你不会买的。"

马克皱起了眉头："她会怎么样呢？如果这事不能妥善解决，她的研究课题可就完了。真是太可惜了，你知道，她很有前途的。"

"她现在的麻烦可比研究课题泡汤大多了，再说，你自己的处境也不是很乐观。"

"什么意思？"马克又变得紧张起来。

"你父亲得知苏姬因谋杀罪被传讯时，他会怎么做呢？"

"我明白你的意思。这下老头子可有了把柄了，他一向不喜欢苏姬。"

"他的儿子和一个被指控犯谋杀罪的女孩订婚了,听听,这多可怕?"

"这就是他需要的。我想,如果我不和苏姬分手的话,他会更改遗嘱,取消我的继承权。"

"那你会分手吗?"

"一万美元罢了。在此之前,我可能会和她分手吧,"马克慢慢地说,"苏姬和我,事实证明,我们俩并不是鸡蛋的蛋黄和蛋清。我们俩就像是两个半球,互不隶属的那种关系。她漂亮、迷人、聪明,我以前认为,必须和她结婚才能真正地亲近她,可现在我真想甩了她。"马克可怜巴巴地看了奈杰尔一眼,好像在寻求安慰。

"这确实是个问题。"奈杰尔表示同意。

"你会怎么做?"

"现在什么都不做,等着看会发生什么。她父亲该来了,是不是?"

"我想是吧,"马克冷淡地答道,"不过,他能做什么呢?这么多年他们关系都不好,而且他是一个靠不住的人,至少苏姬是这么说的。她甚至可能会拒绝见他。"

有人敲门,马克起身开门,是切斯特。切斯特手里拿着一份叠得整整齐齐的晚报走进了门,他看上去显得气愤又烦躁:"你们看过这个吗?上面说苏姬已经向警方招供了。她疯了吗?"

"奈杰尔正在跟我说这件事呢。"

"这是真的吗?"切斯特问道,"她认罪了吗?这不可能。"

"完全是真的。"奈杰尔说。

"奈杰尔认为……"马克说。

"这份声明是苏姬出于自愿的,没有施压,布雷迪已经尽其所能,非常认真地检查了。"奈杰尔平静地插话道。

"不过,除了这个假口供,他肯定没有证据吧?他不会起诉她的,是吗?"切斯特的声音提高了,变成了愤怒的尖叫。

"嘿,放松点,切斯特。"马克说。

"我敢说,他首先需要得到某些确凿的证据。"奈杰尔解释道,"比如苏姬和她弟弟之间可能会有什么阴谋,我真的不知道。但目前情况对他们来说并不太好。问题是,从她的口供来看,她知道得太多了,很多细节说得太详细了。如果她是无辜的,她怎么会知道得这么细?"

"这的确很奇怪,"马克从报纸上抬起头说,"所有这些细节,细致得有些吓人。"他不禁打了个哆嗦。

"你难道相信她是凶手?"切斯特责备地问。

"好了,好了,冷静点,老伙计,给自己弄点喝的吧。"

"让我冷静!我真搞不懂,你怎么能坐在那里,还……"

"歇斯底里对这事没有任何用处。"马克冷冷地说。

"哦,好吧!如果你不关心苏姬,那我来关心。她可是和你有婚约的人!或者你在庆幸是吧?觉得这是一个脱身的好机会对吗?"

"别给我来这一套,切斯特!"马克强硬地回击,"对我说教,一个约西亚就够了。"

奈杰尔疑惑地盯着这两位成年兄弟,他们像两个小男孩一样争吵着,他们的学者身份被抛在一边。当然,如果这场争执是演戏,那就证明了他们俩之间有合谋,不过奈杰尔不这么认为。为了让他们回到正题,奈杰尔打断了他们的争吵:"听着,你们都相信约翰和苏姬是无辜的,对吗?"

兄弟俩一起点了点头。

"很好。如果是这样的话,那就说明,真正的杀手还在你们的校园里游荡呢。所以晚上一定要锁门,不要和任何人单独待在一起——重复一遍,任何人——当然,学生除外,一定要有第三者在场。"

"你说得让人毛骨悚然。"马克说道,但语气明显不轻松。

"但为什么有人……为什么他要……对我们做什么呢?"切斯特有点张口结舌,看起来比平时更紧张了。

"因为他知道约翰和苏姬是无辜的,因此也知道她的'供词'是假的,所以他知道警方迟早会反应过来,接下来就会将注意力转回原来的嫌疑人身上。"

"你的意思是我身上?"马克说。

"你和切斯特身上。"

"但他们不会的。他们……他们对我的不在场证明很满意。"马克几近结巴了。

"你们俩的动机最为明显。如果凶手再一次下手的话,他显然会将你们中间的一个除掉,让现场看起来像是自杀,再伪造一张自杀遗书。嫌疑人自杀了,还留下了供词。"

"情节很精彩。如果这是一部新舞台剧,我肯定会买票去看。"马克说。

"你是……认真的吗?"切斯特不安地问。

马克抢白了一句:"他当然没有。这就是英国人的幽默感,非常……恶心。"

"我只是警告你们两个,"奈杰尔平静地说,"如果我是霍桑学院的凶事预言家卡桑德拉,下一场葬礼埋葬的肯定不是我。"

……

当天晚上晚些时候,奈杰尔把最近的事态发展告诉了院长,梅·爱德华兹也在,他们俩都不相信苏姬的"供词"。

"我星期天去看约翰了,"依西杰说,"我想,他当时的处境很糟糕。可怜的家伙,他没有多少耐力——而他所拥有的力气,都浪费在自怨自艾上了。我猜,促使苏姬做出这种堂吉诃德式举动的是他的精神状况,而不是被发现的那把枪。"

"我不知道她是怎么想的,"梅说,"他们会指控她吗?"

"他们只能指控她是事后同谋,约西亚死后,她包庇了她的弟弟。这事儿只能在这里说说。"

梅那双凸出的眼睛难以置信地盯着奈杰尔:"但那是……我想……"

"没错,梅,正是你和我说的那些线索,让我在他姐姐那里找到了他,我当时就告诉他必须去自首。"

"噢,那么,我们必须把她救出来,"梅轻快地说,"依西杰,你明天第一件事就是去把她保释出来。我们不能让这个可怜的女孩和一群骗子、妓女、变态关在一起。"

"他们会同意吗?"依西杰不安地问。

"我想会的,有你担保。但不用把约翰也保释出来,他待在那里更好些。"奈杰尔说。

"他待在那里更好些?"

奈杰尔点头:"是的。我相信凶手离目标更近了,布雷迪现在也倾向于这么认为。如果我们是对的,凶手会再犯一次案的。"

院长夫妇陷入了可怕的沉默。片刻后,梅直截了当地问:"凶手是谁?"

"不是……不是我们这里的人吧?"院长说道,"是老师吗?"

"很遗憾,没错儿。"

依西杰瘦骨嶙峋的脸显得很痛苦。"天啊,这会毁了霍桑学院的。"他嘟囔着。

"别犯傻了,亲爱的,"梅边说边试图安慰他,"这不是你的错,别担心,时间一长,一切都会被忘记的。"

"但这和约翰·泰特待在里头有什么关系呢?"依西杰问道,"我看不出有什么联系,为什么泰特待在里头凶手就会再次犯案?"

奈杰尔淡蓝色的眼睛平静地注视着他:"当然有关系,凶手不愿意警方用杀害约西亚的罪名去指控约翰。"

"太荒谬了吧!"梅大声说,"悬疑小说里,凶手通常都需要泰特这样的替罪羊啊?"

"在这个案子中并非如此。他想让其他人……一个特定的人……受到指控。如果约翰被指控了,那就破坏了凶手的计划了。"

"嗯，我完全不懂。"

"我不知道，你为什么要搞得这么神秘，奈杰尔。"梅不耐烦地用拳头捶着沙发，"你说的这个凶手是谁？"

"别生气，亲爱的。奈杰尔总是对神秘的东西情有独钟。"依西杰安慰妻子。

"好吧，他应该试着掌控这些，"梅尖刻地说，"你说了半天好像全是密码！我只希望你能破译出来给我们听！"

院长和奈杰尔对视良久，院长对他微微点了点头，奈杰尔道了声晚安便离开了。

第十一章

杯子和嘴唇

为什么用那种令人费解的方式说话呢？第二天早上，奈杰尔在满是商店的大街上闲逛时想：为什么不愿意说出自己的怀疑呢？难道我心里已经开始采取防范措施——我曾如此自信地向布雷迪陈述的案件轮廓变得模糊了吗？没错，依西杰似乎已经接受了我暗示的观点，但对于梅这个非黑即白的直肠子来说，实在是无法预测她对此事的反应，到时候她在突发事件的刺激之下，很可能会让我难堪。

他来到一条主干道，穿过马路，并且刻意提醒自己，现在身在美国，车辆会先从左边朝着他冲过来。他向一家古董店的橱窗望去，希望有什么东西能吸引他的眼球，以便能带回去送给克莱尔，但陈列的商品看起来完全让他提不起兴趣。他想，这些已经是卡伯特最豪华的商店，然而他们陈列的珠宝看起来却像是牛津街的地摊货。美国女性忙着对丈夫发号施令，或是忙着去找她们的分析师，根本没有时间去培养品位。都是些笨重的装饰品和令人沮丧的珠宝，呸！好吧，我知道我有点不公平。这只是一个省会城市，碰巧拥有一所了不起的大学而已。克莱尔，我厌倦这个地方了，我想回家。

奈杰尔又开始闯红灯时，一辆黄色的公共汽车几乎彻底终结了他的通行。一个站在高高警亭里的交警对他大声吼叫起来。为了躲避严厉的批评，他冲进一家商店，买了一些饼干。店外，一群女生正在舔食着巨大的巧克力冰激凌筒。奈杰尔心想，人类的舌头不仅不守规矩，而且非常不讨人喜欢。嗯，通常情况下，苏姬就像猫一样，干净又漂亮。不想这些了，你这傻小子！

现在就指望克莱尔回电话还有点为时过早。他告诉她，自己会在美国时间晚上6点到7点之间守在电话旁，等着接她的电话。她答应他，会把伦敦警察厅的一位朋友叫来，好让那边的调查顺利启动，她和警察厅的朋友都很忙，不可能提前守在电话机旁，心急也没什么用。再说，布雷迪的人也在进行新的调查，耐心等待吧。

奈杰尔走到大学最古老建筑对面的一家著名烟草店旁。在那里，他遇到了查尔斯·雷利，对方告诉他这家货品充足的店里有些存货，可以买几包爱尔兰香烟。

"你好，奈杰尔。"

奈杰尔采购完以后，两人便一起走到街上。他们停了一会儿，看了看烟草店橱窗里展示的卡伯特橄榄球队的照片。

"你看过橄榄球队的比赛吗？"

"只在电视上看过。看不太懂。"

"这可是个极为壮观的场面。非常激烈，非常智慧，就像一场嗜血的国际象棋对弈。我有一张多余的周六门票，卡伯特队对阵耶鲁队，愿意和我一起去吗？"

"哦，当然，我很愿意，查尔斯。"

"我本来想带苏姬去的，但我听说她进监狱了。"

"没事，她可能周六就出来了。"奈杰尔告诉他。

"这么说她的供述是假的对吧？我就知道一定是这样。她在干什么？"

"那是因为，院长会把她保释出来的。我不知道这里的流程是什么样的。"

"那她弟弟呢？"

"啊，那是另一回事，他还没有摆脱嫌疑，远远没有。"

"所以苏姬的巨大牺牲是徒劳喽。"

他们沿着一条通向河边的街道漫无目的地走着。查尔斯·雷利的步态就像橄榄球队里的一个矮壮前锋，低着头像要冲进对面争球的队伍里似的。他的腿稍微有些罗圈，手臂微微向身体两侧伸出，拳头半握着。奈杰尔心想，活像是一只大猩猩在走路。他对查尔斯的最后一句话并不怎么在意，那话里还有一丝嘲弄的意味。奈杰尔心想，也许查尔斯以一种可悲的男性方式，仍然怨恨苏姬没有答应他的追求。看着奈杰尔不置可否的样子，查尔斯以他的爱尔兰直觉认定，奈杰尔是赞同他的观点的，便说道：

"啊，但我为那个女孩感到遗憾。她天生就不是做圣女贞德的料。她需要一个男人，就是那个。"

"她有男朋友啊，不是吗？"奈杰尔问。

"你是说马克吗？我说的是'男人'。他怕死她了。"

"怕死她了？有意思，怎么说？"

"哦，就是那么回事，他被她迷住了，就像白鼬迷住了兔子一样。他对她完全言听计从，不过他也很讨厌自己这个样子。于是，他就开始躲她，和她保持距离。他没有做出承诺，因为他害怕她的激情，害怕自己会因此而燃烧。他就像一只聪明的飞蛾，对火焰有足够的了解，无论火焰多么吸引他，都不会一头扎进去的。"

"哦，这说法太有趣了，查尔斯。"

他们沿着河边的草坡向右拐。

"你知道，其实我一直以为苏姬是有点害怕马克的，"奈杰尔继续说，"他身上有那种野性。"

查尔斯的蓝眼睛就像阳光下的河水一般，在他面前闪闪发光："哦，她谁也不怕，除非是切斯特。"

"切斯特？"

"这让你很吃惊，不是吗？苏姬曾经告诉我，她为什么要和他分手。最初就是这些东西——一种冷酷的、猛烈的、隐秘的野心——吸引了她。但后来她开始警觉起来，因为她觉得他完全掌控了她。你知道，他并没有表现出来什么，只是偶尔从他的外表下流露出一种可怕的、疯狂的、无言的、像盔甲一般的自信。"

"这个说法也很有趣。"

"就是这样的。"查尔斯点点头，"她曾告诉我，有一天晚上她做了一个奇怪的梦。小姑娘说，她和切斯特睡在一张床上——我是说在梦里——他突然变成了一颗奇特的定时炸弹，它不停地滴答作响，她知道它早晚会爆炸，但她却无法下床逃跑。后来她终于醒了，吓出了一身冷汗。她说，从那之后，她就很怕切斯特，分手后，才和马克走在了一起。"

"切斯特因为这事生气了吗？"奈杰尔问道，"他肯定生气了。"

"嗯，我不知道。那是在我来之前的事了。苏姬说他好像也自闭了一阵子，然后又走出来了，接着他们又以一种非常温和的方式相处得很好。她怀疑对切斯特来说这事还没完，也许她是对的。好了，我得回去了。布雷迪11点要来找我，你知道他会和我谈什么吗？"

"我想，是要跟你谈谈苏姬、约西亚和你之间的情感纠葛吧。"奈杰尔说。

"嗯,是要刨根问底吗？我希望那家伙别来烦我。哦,对了,奈杰尔,我完全忘了说切斯特的事了。今晚9点30分左右，他要在他的房间里搞个聚会，他想让你也去参加。"

……

奈杰尔变得烦躁不安,他无法专心于自己来卡伯特所从事的工作。

至于调查案情，现在已经从理论层面转到了实践层面，而实践工作只能交给警察来做了。虽说那是一份枯燥而又吃力的工作，可他还是羡慕他们。如果他们现在寻找的证据被找到了——极有可能很快就会找到，那这起案件——就奈杰尔而言——将以失败告终。似乎没有必要逼凶手现身，毕竟凶手现身就意味着命案再次发生。尽管布雷迪很佩服奈杰尔对于第一场命案的分析，但很明显他并没有认真考虑奈杰尔说的极有可能发生的第二场命案。再说，阿尔伯格老爹步步紧逼，布雷迪根本无法按照奈杰尔的方向去追查案情。

无论如何，战斗现在已经转移到了另一个领域，即布雷迪的人必须准确无误地证明一个凶手有罪，或者证明嫌疑犯无罪。

奈杰尔注意到两名学生拿着壁球拍跑过球场，还看到球场远处的一扇窗户打开了，马克探出头来，马克就这样呆了一两分钟，奈杰尔猜他是在深呼吸，然后又关上了窗户。一架涡轮喷气式飞机低空飞过，奈杰尔漫不经心地想，这是不是穿梭于城市机场和拉瓜迪亚之间的航班。楼上的留声机正在播放着歌曲《海蓝之谜》，回到房子里，奈杰尔发现桌子上放着一张纸条——那是午饭前从门缝塞进来的，是切斯特邀请奈杰尔参加当晚小型聚会的请束。

奈杰尔开始重新思考查尔斯·雷利早上讲的那番奇怪言论。即使考虑到查尔斯一贯的诗意主义和夸张手法，它们也以一种奇怪的角度审视了相关人员——包括查尔斯本人。苏姬竟然向查尔斯透露如此隐私的秘密，这难道不奇怪吗？她说的这些是发生在约西亚干涉他和切斯特恋爱之前还是之后？不过，奈杰尔意识到，苏姬的行为可以简单地归结为一个集邮女孩收藏了一位著名爱尔兰诗人的头皮[1]。那么,她会不会也收藏一位来自英国的杰出私家侦探的头皮呢?

直到晚上 7 点,他还在读书,克莱尔并没有打来电话。于是,他走了三分钟,到离他最近的一个出租车站,让车把他送到郊区的一家意大利餐馆,点了一份意式宽面、一瓶巴多利诺和一份巧克力冰激凌。他在之前的一次用餐时发现,巧克力冰激凌和巴多利诺一起食用会给后者增添一种野生草莓的香味。这一奇怪的发现在霍桑学院的朋友圈里传开了,这使得餐厅营业额大增,奈杰尔也成了老板娘格外优待的贵宾。

他在细嚼慢咽精美的晚餐时,突然意识到已经 9 点多了。酒劲和暖和的餐厅环境使他昏昏欲睡。他付了账,决定走回霍桑学院,清醒一下大脑。

奈杰尔到达切斯特的房间时,是 9 点 40 分。马克已经到了,还有查尔斯·雷利、资深导师以及另外两个学院的教员。切斯特告诉奈杰尔,爱德华兹院长稍后可能会过来。

壁炉里烧着一堆木柴,大概中央暖气也开着,房间里热得要命。查尔斯、马克和其中一个陌生人已经脱掉了外套。切斯特还继续穿着外套,看着很漂亮,却显得很焦虑。

---

[1] 白人殖民北美洲之初,大肆屠杀印第安人,据《资本论》记载:新英格兰的清教徒,1703 年在他们的立法议会上决定,每剥一张印第安人的头盖皮⋯⋯赏金 40 镑;1720 年,每张头盖皮的赏金提高到 100 镑⋯⋯英国议会曾宣布,杀戮和剥头盖皮是"上帝和自然赋予它的手段"。

"这位是保罗·安德烈耶夫斯基和马克·布莱尔。"两个陌生人走过来时，切斯特向奈杰尔介绍，"他们俩是我商学院的同事。"

奈杰尔注意到，安德烈耶夫斯基的言谈举止和外表与切斯特极为相似。两个人分别和奈杰尔握了握手，大声清晰地报出了各自的姓名。

"保罗·安德烈耶夫斯基，很高兴见到你。"

"马丁·布莱尔，很高兴认识你。"

"马丁，对不起，我刚才口误说成了'马克'。"切斯特有些迷糊。"是要奶酪？波旁威士忌？还是什么？"他问奈杰尔。切斯特长得像猫头鹰，奈杰尔一边想，一边接过一块奶酪饼干和一杯饮料。这家伙肯定已经有点醉了，奈杰尔第一次看到他这样。也许是神经过敏？毕竟奈杰尔也是有几分醉意在身上的，一个醉了的人，看其他人都像是醉醺醺的。

奈杰尔向布莱尔和安德烈耶夫斯基闲聊了这种醉酒理论，这两人礼貌地笑了笑，接着便寒暄着问奈杰尔对美国和卡伯特的印象。

"太讨人喜欢了，"奈杰尔一边回答，一边做了一个夸张的手势，差一点打翻他旁边桌子上的所有波旁威士忌，"一个伟大的国家，一所了不起的大学，最浓厚的学术氛围、最高的智力水平和最严格的规矩。还有哪个国家能提供烤玉米松饼作为早餐呢？"

"听你这么说，我真是非常非常高兴。"安德烈耶夫斯基说。

"别客气，保罗，如果我可以叫你保罗的话。我怕这话听起来有些不悦耳，但它是发自内心的。我现在想进一步说明我对美国生活方式的认可。"奈杰尔就这么说了一通，压根儿没有因为知道自己现在是众人关注的中心而感到胆怯,"如果我有什么要批评的话,"他总结道,"那就是美国没能提供全民医疗保障。当然……"

"但是我们的医学水平是世界上最高的。"马丁·布莱尔抗议道。

"你说的是马路对面的那些屠夫吗?"一直没说话的马克发话了。

"好了,马克,你不能这么说卡伯特医学院。"依西杰·爱德华兹像往常一样悄悄地走了进来。他一进来,争论各方就解散重新组队了,每个人似乎都争先恐后地去抢一个远离炉火的位置。

"你们知道吗,美国人的生活方式,"当大家似乎稍微安定下来时,查尔斯·雷利说道,"让我出了一身汗。你们的战争边缘政策和你们的中央供暖系统——我说,切斯特,你从来不开窗户吗?"

马克一直焦虑地看着瘫坐在沙发上的哥哥,听到这话,他走过去,把窗户开了一条小缝。

"一切都让人热得很不舒服,更别提今天早上被警察盘问了。"查尔斯接着说。

"哦,查尔斯,看在上帝的分上,我们能不能一时半会儿不提这事儿了?"切斯特抬起头来,脸上露出绝望的表情,或者说失望的表情。尽管奈杰尔知道两者的区别,但此时他分辨不清。

"是的,应该这样!"院长说,"我们还有其他问题,比如关于普通教育提案的争议。"

安德烈耶夫斯基和布莱尔对此有些震惊,奈杰尔意识到,这位牛津毕业的院长又流露出牛津做派了。然而,大伙儿普遍欢迎他转移了注意力,认为这是摆脱令人尴尬话题的一种方式,很快就有几个人开始争论起普通教育了。在他们讨论的掩护下，奈杰尔走到查尔斯·雷利坐着的窗户角落，擦了擦他那张红扑扑的脸。

"布雷迪让你不开心了？"

"不开心，是吗？他把我弄得筋疲力尽了，他也是爱尔兰人！"查尔斯嘟囔道，"他让我回忆谋杀案发生后的几天里做过的所有事情，好像我能回忆起来似的！有那么重要吗？实际上，他只需要关心那一个晚上就行了不是吗？"

"为什么？"

"因为如果我开枪打死了那家伙，我会尽快出去把枪扔掉的。我怎么知道约翰·泰特会来帮我隐藏尸体，好让我有几天的宽限期呢？再说了，"查尔斯带着顽皮的表情说，"我没有枪，三十年前我就交出这种可怕的东西了。"

"然后呢？"奈杰尔问。

"然后那家伙把你知道的所有小插曲都翻出来了。你不是说约西亚威胁要揭发吗？他没威胁啊。苏姬有没有告诉我，约西亚要弄走她？她没说过啊。就是这些乱七八糟的事。是的，他们也是为了薪水干活而已。我知道布雷迪的意思，他在等我自相矛盾呢，想找我供述中的漏洞！可惜我不能给他提供任何东西。"查尔斯叹了口气，"你知道，奈杰尔，约西亚不是一个宽宏大量的人，但他也不可能去敲诈的，他本性不是这样的。"查尔斯又叹了口气，朝着切斯特翻了翻蓝眼睛，"看，那边，那个小伙子喝酒了吗？你要去看看他吗？"

切斯特依旧懒洋洋地躺在房间另一边的沙发上，脸色苍白，满头大汗，丝毫不理会他周围激烈的学术争论。有人问他问题，他只是含含糊糊地哼了一声以作应答。就在这时，马克带着明显关切的表情走到他哥哥跟前，在他耳边说了一句话。切斯特闭上眼睛，摇了摇头；他看起来像是一个等待消息的人，无法忍受他期待的心境受到任何干扰。

奈杰尔看了一会儿，然后若有所思地走进浴室。他像往常一样充满好奇心，东瞅瞅，西看看。这是一个小房间，而且也热得令人窒息。帘子后有一个淋浴间、一个脸盆、一面镜子、一个盥洗池。一条华丽的土耳其浴巾是那里唯一一件不是霍桑学院分发的物品。奈杰尔打开洗脸盆上方的药柜，里面塞满了各种规格的瓶子和盒子，有预防肠胃气胀的舒缓剂、感冒药、安眠药、镇静剂和兴奋剂，成堆的药膏，碘酒、止咳药水、绷带、胶带、两个温度计、一瓶贴着"非那根"标签的药片、一塑料瓶的氧化甘油和一大瓶某种洗涤液。

奈杰尔停止了常规搜索，开始寻找第司匹林[①]，但什么都没有找到。没法子，他只能用刷牙杯接水泡了两片养胃泡腾片，然后大口喝下去，这样也许今晚宿醉之后能稍稍好受些吧。

等他喝完回来，他发现切斯特正处于一种亢奋状态。这会儿，他正在给大家详细讲述自己所遭受的恶意捉弄。他的讲话含糊不清，但他的控诉显然是针对院长和资深导师的。他说，在一个纪律良好的环境里，这种暴行永远不该发生。两位外院讲师非常尴尬，而资深导师

---

① 第司匹林是一种类似于阿司匹林的镇痛药。

比以往任何时候更加冷嘲热讽。依西杰·爱德华兹则像往常一样彬彬有礼地听着这番长篇大论。

"学生们应该学会的第一件事就是尊重权威。"切斯特说,"你同意还是不同意,院长?"

"他们应该学会的第一件事是成长。这不仅仅适用于学生,"对方尖刻地回答道,"成长就意味着要用客观的态度看待一切。"

"你现在说话真像我那死去的哥哥约西亚。你是说,我……"

"我是说放松点,切斯特,"依西杰说,"成长是要寻找自由的边界。个人的自由要与社会规则之间取得平衡,在求得平衡的同时,有时不得不做一些牺牲。"

"我就是那个倒霉的牺牲品?"切斯特生气地问。

"哦,现在,等一下。学生们都很年轻,他们还是孩子。年轻人不了解成人群体,他们也不需要了解。他们喜欢拉帮结伙,从大团体又分裂出小团体,但这些只是年轻人自我意识的一种投射。我们希望,当他们在这里时,他们会不知不觉地呼吸自由的空气,这样他们以后会发现自己很容易接受它,而不是利用它。你不能强迫他们接受所谓正确的理念,就像不能强迫他们理解社会本质一样。"

"这么说,你会允许任何程度的放纵,"切斯特固执地说道,"就像一张蹦床,让他们在自由的纯净空气里越蹦越高?"

"不,不。我的方针是,在遵守必要的顶层规则的前提下,给他们稍微多一点的自由。我把这看作是给他们的奖赏,而不是一种生活方式。把青少年当作成年人来对待,幸运的话,他会成长得更快。我认为这是有效的。你不同意吗,马克?"

"嗯,我想你说得对,院长。但是,切斯特,我不明白你为什么对年轻人发牢骚,我还以为,你认为我在跟你开玩笑呢。"

这是迄今为止最尴尬的时刻。尽管马克说得很轻松,可其余的人还是把目光从他身上转移到了他哥哥身上。

但切斯特似乎已经耗尽了他短暂的活力。他羞愧地低声说道:"马克,别闹了。"然后一言不发。

马克则困惑而焦虑地瞥了他一眼:"也许我们都可以喝点清咖。要我来煮吗,切斯特?"

他哥哥点了点头,大家都松了一口气,又开始说话了。奈杰尔悄悄地跟着马克走进切斯特的卧室,桌上放着一个电水壶、一个陶壶和几个大杯子。马克朝他咧嘴一笑:"嗨,有些事确实给人添堵。你跟着我,是怕我往切斯特的杯子里投毒吗?"

"是的。"奈杰尔也顺势开起了玩笑。

马克往壶里舀咖啡粉时停顿了一会儿,然后继续边舀边说:"你是英国人吗?[①]可怜的切斯特今晚的心情很奇怪,你不觉得吗?你知道,我从来没见过他如此装腔作势,如果我是爱德华兹院长,我一定会生他气的。"

"我得说,他非常具有煽动性。"

"哦,对不起,我忘了,你不喜欢奶油。我给你加些牛奶吧。"

[①] 英文原版中此句是法语,是马克和奈杰尔的一句寒暄。

"别麻烦了。"奈杰尔道。

但是马克正在打开一个纸盒,把里面的东西倒进一个深煮锅里。不久,他们回到客厅。马克暂时将盘子放在边桌上,然后依次将咖啡端给每位客人。

奈杰尔正和查尔斯·雷利聊天,他给自己倒了一杯,并加了一点热牛奶,查尔斯也给自己这么倒了一杯。

马克最后来到切斯特跟前,那两位外院教员正站在沙发前,处在奈杰尔和阿尔伯格兄弟之间,所以没有看见这个小小的意外。只听见切斯特喊叫道:"哦,该死,你把它洒到我夹克上了!"还有咖啡壶掉到地毯上的声音。

"非常抱歉,切斯特,但是你碰了我的胳膊。"

"不,是你弄的。"

切斯特从沙发上站起来,摇摇晃晃地站着,像猫头鹰一样惊讶地盯着自己那件被咖啡浸透了的夹克,一些热牛奶也洒到上面了,深煮锅则翻倒在托盘上。

"瞧,是你把它打翻的。"切斯特嘟囔着。

其他人围过来时,马克正在用手帕轻轻擦拭他哥哥的衣领。

"这么擦根本擦不掉咖啡渍和牛奶渍的,"资深导师说,"需要用洗涤液。"

"切斯特,你有吗?"马克问,"来吧,我们找找看。"

他扶着哥哥走向浴室,奈杰尔跟在后面。马克找到了一瓶洗涤液和一块白色大手帕,用力擦洗他哥哥夹克的翻领和胸口。切斯特瘫倒在马桶上，看上去喝得烂醉，要不是马克用一只手抓着他，他看起来随时会倒下去。这个小房间里又闷又热。

"好了，应该可以了，"马克说，"现在换一件夹克，再来跟我们聊天吧。嘿，打起精神，切斯特！"他转向奈杰尔："他几乎失去知觉了。"

切斯特的脸色发青，满头大汗，眼睛紧闭。他试图站起来："对不起，我觉得头晕。"

"我们最好把他弄到床上去，奈杰尔，你觉得呢？"

他们把切斯特半抬着进了卧室，脱下他的夹克、裤子和鞋子，把他放在床上。然后马克关切地拉了一条毯子盖在他身上，接着他们回到了客厅。

"切斯特没知觉了，让他睡吧。"

"他今晚肯定是喝多了。"资深导师说。

"好了，总的来说，今晚的聚会还是不错的。"马丁·布莱尔说。

院长不解地看了奈杰尔一眼，疑惑地扬了扬眉毛。

"院长，很抱歉切斯特今晚有些失礼，"马克说，"恐怕是酒喝多了。"

"别再想了，"依西杰说，"不过，我必须得说晚安了。"

院长发话了，其他客人都明白什么意思，便纷纷开始告别。奈杰尔是最后离开的，一道离开的还有马克和查尔斯·雷利。

"他明天会宿醉得厉害。"查尔斯说。

"我也是没想到，我这么笨手笨脚的。"马克说道，"我也有问题，就在我要给他倒咖啡的时候，我还以为是切斯特打翻了托盘呢。他是个容易惹事的可怜老伙计。"

……

奈杰尔走进他的公寓，却没有上床睡觉，他觉得自己远没有清醒。不过，他却能够清醒地认识到，在目前的情况下，切斯特对任何想伤害他的人都毫无防备。尽管这可能是把鼹鼠丘当成了珠穆朗玛峰——纯属小题大做，但必须采取预防措施。奈杰尔打算五分钟后出门，从主管办公室那里借备用钥匙，进入切斯特的公寓，在那里守夜，以确保没有人进出。

想着想着，奈杰尔睡着了。一阵电话铃声把他惊醒，一个几乎辨识不清的声音嘶哑地对他说："难受死了……快来……中毒……快……救命。"

第十二章

"昨天是神秘的"

大约八小时后,奈杰尔又一次坐在自己的房间里,试图弄清楚一件事情。这件事情的走向与他之前关于霍桑学院的一切推理完全背道而驰。

接到切斯特的电话后,奈杰尔连忙赶到切斯特的公寓,发现他已处于半昏迷状态。在切斯特的通讯簿上,奈杰尔找到了一位医生的名字,赶紧打电话给医生。医生来了之后,给切斯特做了检查,但没说什么,就立即叫了一辆救护车。切斯特现在在卡伯特医院,据奈杰尔所知,他没死。

除此之外，他没有什么值得高兴的了。那天晚上，他睡了还不到一个小时，电话铃就响了。如果切斯特真的是中毒，那么对于那个下毒的凶手来说，一小时足够他进入切斯特的房间并毒死一个酩酊大醉的人。奈杰尔到那里时，聚会上的水壶、茶杯和玻璃杯都还在原位。布雷迪紧跟在救护车后面就到了，他把这些东西以及咖啡壶、深煮锅还有切斯特的夹克都统统带走，准备对里面的残余物进行化验。

"这么说，你的预感是对的，"警督闲下来聊天时酸溜溜地说，"你只是没有猜对受害者是谁。"

"看来是这样。"

"你说的，要引蛇出洞，蛇出来了，还咬了人。"

"但至少你第二次抓人就不会让他跑掉了。"奈杰尔说。

此刻，奈杰尔心中想，不管毒药是通过什么途径下的，也不可能是大家全都喝过的酒，切斯特给所有人都倒了酒，每个人都喝了。咖啡、奶油和热牛奶也不可能有毒，大家都喝了，没有任何副作用，而切斯特本人还没来得及喝牛奶，就洒到他身上了。如果某人将某种东西，比如说巴比妥酸盐，放进了切斯特的玻璃杯，那么大的药量会产生强烈的化学反应，这样的话他在再次斟满酒杯之前一定会注意到的。如果切斯特是受害者，而不是凶手，那么下毒的应该是马克，正如奈杰尔之前警告过切斯特的那样。

但奈杰尔也实在无法想象，在他睡着的那一个小时里，马克悄悄潜回切斯特的房间，然后给自己的哥哥下毒。

奈杰尔摇了摇头，这太令人不解了。切斯特在电话里嘶哑地发出

"中毒了"的呼叫声,这本身就很奇怪。一个从醉酒昏迷中短暂苏醒的人,对于自己身体上的不适,首先想到的应该是自己真的喝多了,而不会第一时间想到中毒。尤其是对于切斯特这样没怎么喝过酒的人,他也不了解喝多了和中毒的症状区别在哪儿。自然,从切斯特药柜里的情况来看,切斯特是个高度重视自己的身体状况的人。也许有这样一种可能,有人暗示过他会给他下毒,或是他已经注意到有人想要给他下毒。

昨天晚上,他是不是直觉上就认为有人会来杀他?他脸上不时流露出一种绝望的表情,类似某种困兽,时而好斗,时而昏昏欲睡。

或者,也有另一种可能,"中毒"可能只是纯粹的意外?切斯特家里有那么多药品,那么他很容易在聚会前给自己服下某种药物(兴奋剂?镇静剂?),而这种药物恰好是那种会在酒精的作用下产生毒性的。这种事在美国也比较常见,就算是医生开药时嘱咐过不能喝酒,比如巴比妥酸盐类的药物,但药物酒精中毒的事还是时有发生。

等待医院的检查结果吧。是意外?还是自杀?

奈杰尔看着球场,即使时间尚早,楼下已经有一个人在工作了。他在草地上铺了一张巨大的布单,正绕着布单忙活,好像是在逆向操作一台真空吸尘器,不是要把地上的落叶吸走,而是把落叶往布单上吹。奈杰尔心想,这是多么了不起的一项发明啊。他想起伦敦的秋天,格林尼治公园到处都是落叶,有时只能用两块木片来扫一扫落叶。

然后,他的身体在椅子上渐渐地凝固起来。是啊,为什么不能是自杀呢?推理的思路一直都是谋杀,但如果这个潜入切斯特房间下毒的人并不存在呢？昨晚切斯特脸上绝望的表情，也能理解为一个决定结束自己生命的人的表情：绝望，还有一点冲动。此外，他给我打电话说他中毒时，其实正说明了这一点。很多想自杀的人，在真正面对死亡时，反而是害怕的。但他们的自尊心又会阻止他们承认这一点。相反，这个人会将他的暴力冲动投射到一个想象的其他人身上。这就是一个精神分裂过程的经典例子。

但切斯特为什么要自杀呢？唯一可能的动机是他杀了约西亚，并且知道布雷迪和我都紧盯此事。他一定已经察觉到，我从他在去康科德途中的那次失言中得出了正确的推论。当我警告这两兄弟提防袭击时，他会认为是我警告过的马克要袭击他。也许他甚至听说了布雷迪最近调查的风声。总之，他觉得自己已经走投无路了，被逼进一条两边都有高墙的死胡同了。

当然这一切都只是推理，没有证据。也许守在切斯特病床边的警察能听到些什么。他有没有留下遗书？不，布雷迪非常仔细地检查了他的房间，没有这样的东西。

奈杰尔疲倦地伸了个懒腰站了起来，然后出门吃了早饭。回来后，他接着躺在沙发上睡了四个小时。

……

那天晚上 6 点 05 分，他的电话铃又响了，是克莱尔从伦敦打来的。他在旁边准备好了纸和笔。她讲了五分钟，奈杰尔则做了一些记录，问了几个问题。

"其实这些也不太确定，"她最后说，"但我希望能对你有所帮助，你确实得全力以赴。我想你,你什么时候回家,亲爱的?"

"希望就在这几天吧,谢谢你的帮助,这本来不关你的事的。对了,昨天晚上我这里精彩极了,切斯特自杀未遂,现在在医院躺着呢。"

"是吗?"

"是的,该死!有人在敲门,我爱你,再见。"

奈杰尔打开了门,布雷迪警督大步走了进来。奈杰尔让他坐下来喝一杯:"切斯特怎么样了?"

"救过来了。我刚才听到你在和谁说话?"

"是克莱尔,从伦敦打来的。"

"哦,是吗?从伦敦打来的?嗯哼。"不过,布雷迪听上去并不感兴趣。

奈杰尔打开了话匣子:"她给我带来了伦敦那边的最新调查结果。我们在苏格兰场有个朋友,总督察赖特,他去切斯特入住的机场酒店进行了询问。从酒店方面的反馈来看,切斯特倒是没有说谎。他是周四当天早上到的酒店,登记后,他告诉服务生他要睡个通宵,因此请他们在他的房间门上挂一个'请勿打扰'的告示牌。酒店人来人往,所以他后来有没有出房间,没有人有印象。但有一点很奇怪,那就是他入住的那天晚上以及第二天早上,酒店里都没有他用餐的记录。"

"所以也没有人注意到他在周五早上带着一把杀过人的左轮手枪进入酒店?"布雷迪问道。

"是的,没有人注意。客房服务员星期五11点左右进了他的房间打扫,床是有人睡过的,换下来的衣服也扔得到处都是。她很自然地认为，可能是这位先生出门的时候，忘了把门上的告示牌取下来了。"

"好吧，看起来天衣无缝啊。也就是说，在这一段时间内，他可能已经飞回美国，杀死约西亚，然后又飞回英国。反过来说，也可能他什么也没干，真的在酒店里睡觉。"

"你那边怎么样？"奈杰尔问道。

"没有更多结论性的东西。如果他真的在周四飞回纽约，杀死约西亚之后再搭乘一架飞机及时赶到伦敦参加他的第一次会议，这样的话，你说过的，他那本'丢失'的护照确实大有文章。我们一定要好好查一查这个线索，尤其是海关的签证印章到底盖了几次。从时间上来看，这件事具备可行性，这一点我们已经反复确认了：他晚上10点枪杀约西亚，乘出租车到机场，搭乘10点30分的往返班机到纽约，11点30分抵达，再登上午夜后起飞的越洋飞机。他这样做会冒很大的风险，一路上任何延误都会打乱他的安排计划。不过，理论上讲，还是完全可行的。"

"但是你的人没有找到证据。"

"没有人能确认他的身份。他们找到了一名出租车司机，对方是在10点05分左右从广场的小摊边收了车费，然后把他送到了机场。司机说，这名男子有点气喘吁吁，体形和切斯特很像，但他没注意看脸。往返卡伯特和纽约城际航班的女乘务员我也都找到了，给她们看了切斯特的照片，其中一个女孩认为他可能登上过她的那次航班，但除此之外，没什么别的线索了。"

"不过，如果有合适的机会，你们可以搞一个列队认人吗？"

布雷迪看了奈杰尔一眼,眼神有点神秘莫测:"当然。没错,有必要的话,当然可以。"

"阿尔伯格老爹能允许吗?"

布雷迪听出了奈杰尔语气里的挑衅意味,自顾自地说:"问题在于那个越洋航班。城际往返航班就像地铁一样,人来人往,所有人都面目模糊。不过,越洋航班就不一样了,毕竟出国的人要少很多,我想那上面的乘务人员可能会有更多的线索给到我们。但奇怪的是,我们拿切斯特的照片给所有乘务人员看了,居然没有一个人见过他。"

"他应该是乔装改扮了。"

"是有这种可能,比如用帽子遮住脸,一直睡到空姐过来发早餐。"

"切斯特告诉我,他在飞机上从来都睡不着。对了,你们有没有试着把照片换一下装扮让他们认呢?"

"我们在切斯特的一张照片上画了胡子,然后有一位空姐认为这可能是,但她不敢确定,因为每天都有太多乘客从她眼前一闪而过。这位空姐说,她似乎记得她给他递托盘时,那家伙把脸转了过去。"

"我明白了。当然,切斯特是个花一分钱办两件事的人。他是一个典型的美国商人。他的行李呢?"

"行李?"

"切斯特把他的东西放在伦敦旅馆里了,一个飞越大西洋的人不带任何行李,这难道不奇怪?"

"我来打听一下。"布雷迪做了个记录,"但斯特雷奇威先生,你忽视了乘客名单。他当然可以随时乘坐城际航班,反正不用预订。但越洋航班是必须预订的，现在的问题是，我们在周四伦敦飞纽约的越洋航班预订名单上没有找到切斯特·阿尔伯格的名字。"

"这个简单啊，用假名字订票不就行了？"

"但买票的时候是必须提供护照的。"

"你确定吗？你是说，买票的时候要拿出预订名字的护照？"

"应该是这样的，"布雷迪不安地说，"不止买票的时候，出海关，进海关，我国和贵国的海关人员都会仔细查验核对的。假名字假护照的话，应该很容易穿帮。"

奈杰尔又沉默了一会儿："假设他'借'了一个朋友的护照。在其他的城市——也许是纽约——用现金支付了预订费用，这样的话，检查的时候就不存在假名字假护照的问题了。切斯特是一个非常普通的美国人，所以护照照片乍一看和他很像，工作人员是不会认真研究这些照片的，没错，"奈杰尔开始喜欢自己的工作了，他说道，"他偷了一个朋友的护照，他只需要保留六天。哦，也许在他买机票之前还保留了一段时间。他用自己的护照飞到伦敦，用朋友的护照往返纽约，接着又在四天后用自己的护照飞回这里的城市机场。"

布雷迪带着幽默的表情看了他一眼："那么，看在上帝的分上，如果他自己的护照在伦敦没有盖两次入境章，他为什么还要把它销毁呢？"

"那只是我的观点。也可能真的像他说的那样，他确实把护照弄丢了。"

奈杰尔专注于自己的推理之中，根本没注意到布雷迪嘴角堆积的笑容。

"非常非常巧妙，斯特雷奇威先生，你真是个建造纸牌屋的高手。那我们怎么证明这一切呢？"

"很简单，你再查查那周四的乘客名单。如果你在从伦敦飞往纽约的早间航班和从纽约飞往伦敦的午夜航班上发现相同的名字，那就是切斯特旅行时使用的名字和护照了。"

"嗯，你说得可能有些道理。"布雷迪承认道，"但愿我们能发现这么一个名字。"

"我反而很惊讶你没有发现这个疑点。对任何人来说，24小时内越洋往返伦敦和纽约都是相当罕见的。"

"哦，这方面我了解得不多。但纽约的富豪倒是经常乘飞机去都柏林的纯种马拍卖会一掷千金，然后去巴黎吃法国大餐，第二天早上又回到他纽约的办公室里制造各种麻烦。"

布雷迪警督从酒杯里啜了一口，向后靠了靠，将双手放在自己粗壮的大腿上。

奈杰尔则带着怀疑的表情瞥了他一眼："你对我有所保留，布雷迪。我不喜欢你眼中那种无辜的光芒。"

"我想，我喜欢看一个幕后操纵者工作。"

"哦，别胡说八道了。"

"我不想让你认为我一直在跟你开玩笑。但今天发生了很多事情。"布雷迪那张不那么外向的脸上露出了可以被称为"梦幻般"的表情，"是的，先生。首先，我们对切斯特房间里的所有杯子进行了检测，结果是没有检出任何毒物。那么，切斯特到底是怎么中毒昏迷的呢？"

"在聚会前，他自己给自己下毒。"

"再说一遍。"布雷迪的绿色眼睛睁得大大的，奈杰尔将他的自杀未遂理论简要说了一遍。

"在切斯特·阿尔伯格这件事上，你确实很厉害。这么说他想自杀，因为他相信我们已经盯上他了？"

"就是这个意思。"奈杰尔说道。

"嗯。就像我刚才说的，我不知道是怎么下的毒药。然后，我闻到了什么东西的味道，记得是那件夹克。"

"夹克？"

"没错儿，就是他穿的那一件，我们把它拿去检验了。"布雷迪解释道。

"嗯，那是洗涤液，不是氢氯酸。马克找到洗涤液给他哥哥擦拭的时候，我就在跟前。"

"因此，我和里弗斯聊了聊，他是本州最好的药理学家。他告诉我，研究发现，在某些情况下，洗涤液释放出的四氯化碳可能很危险。它会导致肝硬化或肾脏细胞受损。他们还不确定四氯化碳是否对肝脏或肾细胞造成直接损害，还是通过影响血液起作用。我让他给医务室打电话问了切斯特的症状，脸色青白，头晕……你注意到了吗？"

"是的。"

"还有一件事。切斯特苏醒过来之后，对医务室的医生说，'我脑袋里的铃铛在响，越来越响，最后一声是可怕的叮当声'。"

"天哪！"奈杰尔大喊道。

"这是四氯化碳中毒的另一个明显症状。"

"那么里弗斯说的'在某些情况下'是指？"

"大量饮酒可能会加剧毒性的挥发和作用，但如果要让挥发的四氯化碳毒性最强，则必须有一个炎热、密闭的空间。"

"切斯特的浴室。"

"没错。"

"这么说，"奈杰尔停顿一下说道，"这是个意外。"

"这可能是个意外。"

"你这话是什么意思？"

"或者它可能被伪装成一场意外。由马克·阿尔伯格操纵的意外。"

"我想是这样。"

"你告诉我，是马克把咖啡和牛奶洒在切斯特身上了。"

"我告诉过你，切斯特是这么说的。可马克却说是切斯特自己弄翻了盘子。"

"那一定是马克的说法。"

"嗯，我不知道。在我看来，这确实是一种试图谋杀某人的冒险方式。有没有死于四氯化碳中毒的案例？"

"有的，里弗斯知道很多案例。虽然毒性需要十到十四天才能发作。我想这一次已经足够致命了。别忘了，马克知道他仍然是谋杀约西亚的重点嫌疑人，他必须为切斯特想出一个看起来像是意外的事故。"

"或者像是自杀。"奈杰尔喃喃地说道。

"当然。但如果他打算伪装成自杀，他会伪造一份自杀遗书的。"

奈杰尔开始在房间里踱来踱去。布雷迪对事件的解读虽然令人不快，却完全说服了他。壁炉架上那只令人作呕的巴塞特猎犬剪贴画引起了他的注意："我越来越讨厌这条该死的狗了。"他喊道，接着把它扔进了废纸篓，然后问布雷迪，"你要控告马克吗？"

"看起来像这样。"

"但外行肯定不知道这种洗涤液的危险。"

"没有几个是外行。"布雷迪面无表情地说道，"不过，我和里弗斯交谈过之后，回来就做了进一步的检查。我找到了一本医学杂志，里面有一篇文章的一个角被折起来了，上面写着四氯化碳在老鼠身上的实验，并指出了它的危害性。那本杂志就放在他橱柜里那堆杂志的最下方。"

"你是说你搜查了马克的房间？"

"不，是切斯特房间里的杂志。"

奈杰尔大吃了一惊："这么说来又像是自杀了。"

"但也有可能是马克故意放在切斯特房间里的。"

"红发女郎事件的反转吗，"奈杰尔含糊不清地嘟囔着，"他都已经设计到放折角杂志这一步了，却忘了伪造一张遗书？这听起来不够完美啊。"

"嗯，我有一个想法。假设他打算在大家都离开后再回到切斯特的房间，在某个地方放一张假遗书，比如切斯特的桌子上，可他却忘记了，直接回去睡觉了？"

"困得那么厉害吗，这么重要的事情都忘记？哦，我明白了，我明白了,他也被毒气熏到了吗?多简单,祝贺你,布雷迪。我认为从各方面来说你都是对的,方法也出奇巧妙。马克朝约西亚开枪后就打算回到他的房间,马克给切斯特下毒后也打算回到他的房间。不管是哪种情况,都有某种东西阻止了这个事情的发生,非常漂亮,非常合理,非常利落。好吧,这样我就可以回去了,而且我可以平静地回英国了。"

"等一下,斯特雷奇威先生!凶案科非常感谢你的合作。"布雷迪的口气里有一丝讥讽的意味,"但我们希望你多做些困难工作,马克·阿尔伯格的案子结案之前,我们自己还有很多细节要处理。"警督起身告辞。走到门口,他转过身来,咧嘴笑着说:"哦,忘了告诉你,你的女朋友想和你谈谈。"

"我的女朋友?"

"苏姬·泰特小姐,我们已经把她释放了。"

"她不是我的女朋友。"

"是吗?不是女朋友,那你对她来说也是如父如兄的角色,再见。"

……

是的,院长果然去把苏姬保释了出来。奈杰尔依然不知道她弟弟会怎么样,他不喜欢那个聪明但又不可靠的年轻人被无限期关在监狱里,但他对此无能为力。这就是为暂时丧失勇气所付出的高昂代价。但至少现在约翰或苏姬终于可以洗脱约西亚被杀案的嫌疑了。杀害约西亚和给切斯特下毒的人肯定是同一个,除了马克,还能会是谁呢?

如果马克想出了这种怪诞的方法来毒害切斯特,那他一定也想出了同样怪诞的恶作剧活动。但是为什么呢?奈杰尔在附近的一家餐馆里吃着维也纳炸小牛排，一边吃一边想着这件事。人们不得不改变对马克的看法，认为他本质上是一个恶毒的人，或者试图在这些笑话和下毒之间找到一些合理的联系。但这些事与奈杰尔印象中的马克完全无法重合，马克不是那么恶毒的人，他甚至学术对话中的恶意也无法接受。那么，这些恶作剧是要对切斯特做什么呢，还是要给警察传递什么呢？是让他陷入真正的偏执狂症吗？一个哥哥被谋杀，再让另一个哥哥被关在疯人院吗？难道只是为了独吞阿尔伯特老爹的巨额遗产？还是所有的一切都是一场恶作剧？不过，等一下：洗涤液这个插曲可能不是企图谋杀，而是这场恶作剧的高潮——要给切斯特留下一种印象：某种神秘、无情的敌意一直在暗中窥伺着他。

奈杰尔付账后，回到霍桑学院。他到达的时候，依西杰和梅在他们的客厅里。

"你看起来很疲倦，奈杰尔。"梅同情地说。

"昨晚没有睡好，恐怕我带来了不好的消息。"

"但他们说切斯特不会有事的，依西杰今天下午打电话问过了。"

"我是说马克，布雷迪警督确信给切斯特下毒的人是他。"

"怎么可能！简直是疯了！"梅尖刻地叫嚷道。

依西杰闭上了眼睛，好像他预见到了这个打击，他突然显得比他的年龄还要苍老。他修长的身体瘫倒在椅子上，精疲力竭地低声说："你最好告诉我们到底是怎么回事。"

奈杰尔把证据梳理了一番，然后说道："从警方目前掌握的证据来看，对马克极为不利。"

"我不相信，奈杰尔，"梅说，"如果这些是真的，那马克不是恶魔就是疯子。我不信，一定是哪里出错了。"

"是的，梅，但是你不能回避在切斯特家中发现的那篇关于四氯化碳的文章。要么他读过，并且会非常小心地使用洗涤液；要么是马克读过，然后把它放在那里，给我们留下自杀的印象。"

"其实，看不看那本杂志，他俩都知道四氯化碳的。"院长说。

"知道什么？怎么用吗？"奈杰尔的声音很尖锐。

"上学期有一次聚会，来了两个医学院的老师，和大家聊了聊在某些条件下洗涤液可能产生的毒性作用，那天马克和切斯特都在场。你不记得了吗，梅？"

"我没在场吧，好像那是一个男人的聚会？"

"当然，的确如此。"

"他们俩的表现如何，依西杰？有没有问过什么问题？"奈杰尔问道。

"这么久远的事情很难想起来，我想没有吧，毕竟这不是他们的专业。不，等一下，天哪，我想马克确实说过，好像他说如果什么时候你想谋杀一个人，这是一种狡猾的方法。可这也不能代表什么吧？我肯定他当时只是想让谈话气氛更轻松一点罢了，毕竟那些医学术语对我们这些外行来说是很乏味的。"

梅不安地盯着奈杰尔："你是说，他们现在随时都会逮捕马克吗？"

"不完全是，首先要做大量的调查，要在杂志上寻找指纹，还要询问昨晚参加聚会的每个人，必须掌握足够的证据才能抓人。"

"比如说他们打翻的那个托盘？"依西杰问。

"没错。如果他们能得到确凿的证据，证明是切斯特自己把咖啡打翻的，那就对马克有利了。"

"说到点子上了！这才是关键问题。"梅坚定地说。

"是吗？我们都知道切斯特有点冒冒失失的，而且他也醉得不正常，马克故意引导他打翻托盘也很容易做到。"依西杰说。

"哟，你真是个乌鸦嘴。"他的妻子叹了口气。

"我怀疑警方是否能从目击者那里得到什么明确的线索。依西杰，你有没有看到托盘是怎么被打翻的？"

"没看见，当时我和查尔斯·雷利正聊天呢。"

停顿了一会儿，梅说道："不管发生什么，对马克来说都会很难。"

"你这是什么意思？"

"这两位阿尔伯格先生，年纪大的那个平常不怎么喝酒的，你知道的，他很容易把这一切都归咎于可怜的马克。在聚会上大家都喝多了，众目睽睽之下，马克把咖啡打翻在哥哥身上……"

"噢，得了吧，梅！马克又没有喝醉。"

"那样的话，这个老无赖又会说，他醉了，但马克清醒地记得那个叫碳什么的东西的危害，用这个东西害了他哥哥。不管怎么说，他家的浴室太热了，依西杰，你应该做点什么，年轻人一般不会那么怕冷，那浴室里热得能蒸熟龙虾。"

"我会记住这一点的，亲爱的。"依西杰淡淡地说。

"你今天看见马克了吗？"奈杰尔问。

"没有。他打电话来说要取消今天上午的人文学科导师会议,说他不舒服。"

"意料之中,他也吸入了一些有毒气体。"

"他知道他哥哥被送进抢救室了吗?"梅问道。

"是的,"依西杰说,"我告诉他了。"

"他什么表现?"

"震惊,痛苦,合乎常理的表现。"

"那他说的原话你还记得吗?这很重要。"奈杰尔说。

院长沉默了一会儿,努力回忆着说:"他说:'噢,不会再这样了。'然后,'你说进抢救室了吗?但我以为他只是昏过去了。他病得很重吗?我得去看他。'"

"就这些?"

"关于切斯特就这些,没错儿。言语非常自然,没有恶意。嗯,奈杰尔,你应该也能猜到他说的这些话吧?"

"我不担心他说出口的话,我担心的是他没说出口的话。比如他没有问切斯特出了什么问题,这不是很奇怪吗?这表明他知道切斯特为什么需要抢救。"

"哦,是吗?奈杰尔,那也太聪明了吧。他可能是刚刚醒过来,还有点恍惚吧。"

"让我困惑的是那句'噢,不会再这样了',"梅插嘴,"不过,我听着这不像是一个凶手说的话,更像是一种自然反应——'哦,上帝,现在切斯特和我又有麻烦了。'"

奈杰尔带着敬意看了她一眼。院长则困惑地晃着他那瘦骨嶙峋的脑袋，发起飙来："这一天天的，和你俩聊天也云山雾罩的。你先是告诉我切斯特是头号嫌疑犯，这会儿又是马克。而且我还得像什么事都没发生过一样去见他们。"

"那就别去见他们了，"奈杰尔无情地说，"反正这一切都快结束了。"

"我当然希望这一切赶紧结束，虽然有时候我觉得这个案子永远破不了了，而我明知道手下有个杀人犯，却不得不若无其事地每天面对他们。"

"总比被怀疑成杀人犯强吧。"梅实事求是地说。

"梅，你是不是觉得你说得特别有道理啊。"依西杰平静的声音中带有一种愤怒的颤抖。

"嗯，"他的妻子轻松地回答道，"我还是会像往常那样对待马克和切斯特的。坐在那里想着暗处有妖怪没用，等妖怪向你扑过来再说吧。"

奈杰尔在寂静无声的公寓大楼里走来走去，光线被建筑的阴影切割成碎裂的光影，有一种恐怖灾难片既视感，霍桑学院孤零零地矗立在城市一隅，就像是被遗弃在海上的玛丽·塞勒斯特号[①]一样。镇上的车水马龙声以及海水的涨落声依稀传入耳中，头顶成千上万的星星

[①] 玛丽·塞勒斯特号是美国历史上一艘著名的"幽灵船"。1872 年，该船载有 1701 桶酒精从纽约史泰登岛出发，目的地是意大利的热那亚。后来该船在海上被发现时，船上的货物、物资完好无损，但所有人员均不见踪影。

清晰可见，无尽的黑幕里，还有无数看不见的星星在悄悄闪烁。

"天地之间，人是多么渺小。"奈杰尔喃喃自语。这里的一切都那么干净、那么明亮清晰，可他对混乱喧闹、烟雾弥漫的伦敦却满怀思念。然而，新英格兰的清晰是具有欺骗性的，这并不是因为它隐藏了黑暗的神秘，而是因为这位老欧洲人将自己的微妙情感和愿望投射到它身上了。

奈杰尔认为，美国人的思想并不微妙。它可能极其复杂，但它通过界定自己的活动有效地工作：就像一个孩子把所有的玩具都放在托儿所的地板上，按一定的顺序从一个玩具移动到另一个玩具。在他看来，一个美国人似乎有一本内置的时间表，告诉自己每天的每时每刻都应该做什么；一切都安排得明明白白，他们的生活就是一页页整齐有序的日程表。在物理学家看来，他的微观世界中没有足够的"运作空间"。奈杰尔认为，这可能解释了他为什么会决定在全国范围内求助于精神分析学家，以及那些无力负担之人的暴力事件的爆发。正是这种思想的僵化，这种"给予"的缺乏，使人变得疯狂——过度的精神秩序演变成了精神错乱。

"……精神不健全。"他沉思着。然而，应该这样来定义，这并不是激情的、毫无预谋的行为，而是漫长的、扭曲的行动过程。"责任始于梦想"，一个凶手的不负责任开始于幻想。这里的凶手是个孩子，一个聪明的孩子，他从不怀疑自己能实现自己的幻想。一个纯粹的利己主义者无法认真对待他选择道路时所遇到的诸多诱惑，尽管他早熟的智力可能会精心计划以避免这些诱惑。这一切都指向谁呢？

奈杰尔上楼回到自己的房间，最后看了一眼夜空。电话铃响时，他正在脱衣服。

"我这么长时间都在找你……"那纯正的女低音似乎就在他的耳边回响着，仿佛她将嘴唇凑到他耳边似的，"你明天能来这里吃午饭吗？"

"当然，我很想去。顺便问一下，你好吗？"

可苏姬并没搭腔就把电话挂了。

第十三章

"达那厄在一座铜塔中"

学院的餐厅里,三个学生来到奈杰尔的桌子旁坐下。他们放下装满早餐的托盘,礼节性地和他握了握手。

"我听说阿尔伯格先生病了。"菲利普说。

"是的。"

"希望没什么大问题。"

"嗯,他在卡伯特医院,不过……"

"愿上帝保佑他!"塞勒斯说。

"哦,嘿,"菲利普抗议道,"那里有一支非常优秀的医生队伍。"

"你信吗？是屠夫联盟吧！瞧，我们的菲利普也正在学医呢。"

"奈杰尔先生，您知道塞勒斯的研究领域是中世纪历史，"粉红脸蛋的菲利普语带讽刺地说，"他就是从那里获得广博的医学知识的。"

"有传言说，他是被人下了毒，"第三个学生是个留着平头、目光锐利的年轻人，他说道，"是真的吗，先生？"

"是科学上某种未知的奇怪毒药吧。"塞勒斯嘲笑道。

"不是什么稀罕的东西，就是四氯化碳。"奈杰尔说。

"天哪，他怎么接触到这个的？"菲利普问道。

奈杰尔给他看了那篇洗涤液文章的剪报。

"天哪！我知道了，在春季学期，我们布置的作业就是有关这些内容的。"

"想象一下教职工们开酒会的情景吧！啧啧，啧啧。我对此一直持怀疑态度。"赛勒斯咧嘴笑着说。

"哦，别说了。那帮可怜的劳累过度的家伙有时也必须放松一下。"第三个学生也笑了。

"很高兴听到你们承认我们工作劳累，"马克边说边将托盘放在桌上，"介意我加入你们吗？"

"哦，抱歉！你哥哥的事让我很难过。"菲利普红着脸说，即使是别人失礼了，他也容易脸红。

塞勒斯转向马克说道："菲利普正准备解释一下四氯化碳的事。他曾经上过一门这方面的课程。"

"实际上，我们是用老鼠做实验的，路径实验室有一个对照组。"

"我不想再听这事儿了，"马克说道，"我自己都还觉得有点恶心呢。"

"我相信这不会是宿醉的原因吧，阿尔伯格先生？"塞勒斯关切地问道。

"谢谢你的关心。不过，老师们是不会宿醉的。我想我也是吸入了那该死的四氯化碳了。"马克说道。

"那么，菲利普，我的好医生，你有什么治疗方法吗？"赛勒斯说完又转向马克，"四氯化碳的问题可以问问菲利普医生，他的专家门诊每次只收一百美元，阿尔伯格先生。"

菲利普红着脸说道："嗯，我想说，一个疗程的异丙嗪就可以防止肝脏受损。"

"那是个什么玩意儿？我最好留一点，因为下次我还要用洗涤液来洗衣服。这些东西是很危险的。"马克说。

"不管那是个什么东西，我从药剂师那里能买到吗，菲利普？"

"当然，就是非那更药片那样的。"

"科学的福音，一切皆有可能，"塞勒斯说，"但是，我们必须扪心自问，这种可爱的异丙嗪有什么副作用吗？医学总是跟在疾病的屁股后面。它发现了一种新的疾病，然后再找到治疗它的方法，然后这种治疗方法又引发了另一种疾病。以此类推，无穷匮也。我想这就是为什么医生永远不会失业的原因吧。"

"哦，当然！假如按你这个思路，我想我们现在还蹲在炼金炉旁边等待贱金属变成黄金，或者爬到旗杆顶上数天使呢。"

不久，学生们离开了，一边走一边还激烈地争论着。

他们走后，一直盯着咖啡杯的马克抬起头来："他们为什么不让我去见切斯特？"

"不会吧？"

"昨晚我打电话问他的情况，他们说他一切都好，但是不允许探视。他们无权阻止他的家人去探视他。"

"我猜，也许是医院方面需要观察观察吧。"

马克脸上流露出一种绝望的、相当幼稚的表情："你是不是有事瞒着我？布雷迪是不是怀疑我？"

"你担心的就是这个吗？"

"我是在担心切斯特，"马克的目光有些呆滞，"但我也不愿意让布雷迪认为是我在下毒。"

"什么……洗涤液？你不知道它可能有毒，是吗？"

"真见鬼，我本来可以知道的。"马克的声音变得神秘起来，"在院长组织的一次聚会上，有人谈论过这件事。当时我并没有把它当回事。要是当回事就好了。但是，毕竟每天都有数百万人使用这种东西呢，我就没多想。"

"但切斯特似乎一直在研究这东西。"奈杰尔把在橱柜里找到日记的事情告诉了他。

"哦，切斯特。他总是对健康问题大惊小怪，总是采取预防措施。"

"事实上，这一切是怎么发生的呢？东西洒了，接着发生了什么。"

马克的脸阴沉下来："三句话不离你的本行，是吗？"

"噢,也不总是这样。不过,还是跟我说说吧,原原本本地说一遍。"

马克叹了口气,拿起他的早餐托盘,走到奈杰尔身边演示:"比方说,你是切斯特,坐在沙发上,我站在你面前。就在我正要拿咖啡壶的时候,你站起身来,撞到了托盘,于是咖啡壶倒了,深煮锅也被打翻了。壶盖掉在地上,咖啡和牛奶溅到你身上,最后咖啡壶滚到地毯上。满意吗?我们还要不要再实际演示一次呢?"

"不用,够了。"奈杰尔心不在焉地回答。

"这只不过是那些该死的不幸小事故罢了,我们两人都不太清醒。切斯特肯定是喝多了,所以没有意识到自己的手撞到了盘子,还认为是我造成的失误。这一切都不值得一提。有人看到发生的事情了吗?"

"他那两个朋友离他最近,但两人都背对着沙发。"

"我听到有人说,是我策划了这次事故,好让我找个好借口,将那该死的液体渗进可怜的二哥切斯特身上……我以上帝的名义发誓!你想想,如果我真要杀人的话,会随便用这种方法吗?"马克变得异常愤怒,不过他把声音压得很低,免得被附近用餐的学生注意到。

"很抱歉唠叨这个,但你说切斯特撞到托盘了,是你亲眼所见吗?"

马克停下来想了想:"没有,一切发生得太快了,我没有注意到。我有印象的是,他的手刚靠近托盘,咖啡壶就翻了。"

在一片寂静中,隔着两张桌子的一个大学生的声音清晰可辨:"莱利先生,你对弥尔顿的论战有什么看法?"

"吃早饭的时候不讨论这个,我的孩子。不管怎么说,弥尔顿是不可读的。如果你一肚子草包,那满脑子上帝又有什么用呢?"

马克一时走神，翻眼看了看奈杰尔："哦，那是查尔斯。我想这就是英国的方法——把令人作呕的观点塞进学生的喉咙，以刺激他思考。"接着，他压低了声音，回到了自己的问题上，"你知道这个地方是谣言的温床，我父亲迟早会听到我要毒死切斯特这种流言蜚语的，然后……"

"这么说你受够了？好吧，马克，我不知道。但是你会这么在乎遗产继承权吗？"

"说实话，奈杰尔，我一点也不在乎。只要我不被大学开除、不影响我教学就行。"

……

苏姬·泰特为奈杰尔打开门。天阴沉沉的，在那破旧的公寓里，她从迷雾中向外张望，显得虚弱苍白。她的脸上有一种不同寻常的压抑表情，眼睛下方有黑色的污迹。

"你好吗，苏姬？"

"很高兴你能来。不知怎么的，我从没想过你会来。"她垂下长长的睫毛羞涩地说。

"为什么不会来呢？"

"嗯，上次来好像是很久以前的事了。其间我还进过监狱。"她咬着嘴唇，"坐几天牢就像过了几年。你离得越来越远，成了一个陌生人。"

"我是想要去看你的啊，但你为什么拒绝探视呢？"

她美丽的眼睛慢慢地扫视着他："因为，因为……坐吧，我给你倒杯喝的。不，不要坐沙发那头……有个弹簧坏了。你是要波旁威士忌？水？还是苏打水？"

"苏打水就行。他们对你好吗？"

"他们没有打我，也没对我怎么样，就是孤独。给你苏打水。我不用再回那里去了，是吗？"她用孩子般的恳求语气问道。

"应该不会了。"

"爱德华兹院长好心地把我救了出来，他是个好人，不是吗？"

"是的，你父亲来过这里吗？"

"我不想谈他，奈杰尔。我想，这对他不公平，但他已经完蛋了，一败涂地，只剩下他过去的一个影子了。"

"约翰呢？"

"哦，奈杰尔，我非常非常担心他。他们让我离开之前和他见了一面。这是一个可怕的打击，他似乎已经放弃了，就像爸爸一样。我很担心会发生这样的事情。"

"所以你才说出那样荒谬的供词。"

"我……是的，我想这会让他少受点罪。哦，我不知道我当时是怎么想的，算是白费心思了。他太聪明了。现在我不知道是否……他是否能……稍稍恢复点名誉了。"

"依西杰会把他带回去的，我敢肯定。"

她灰色的眼睛睁得大大的：" 哦，你说的是真的吗？他会吗？那可太好了！"

"还有，苏姬,对你来说,恢复的第一步是要摆脱对他人的极度依赖。我是认真的。好了，别瞪着我了，亲爱的孩子！约翰必须学会在情感上和道德上自立。所以你也别再像个小妈那样了。你太爱管事了。"

"嗯,我必须这么念叨!"

"'放手才能证明爱'——这是一位英国诗人写的。"奈杰尔起身走到靠窗的桌子前,说,"我看你又开始写东西了。"他指着桌面上的书和纸。

"哦,是的。那是有关艾米丽的。是的,我一直在试图重新回到我的论文上,太难了,而且恐怕我得换指导老师了。"

"马克?为什么呢?"

"你看,我写这封信是想告诉他,我不能嫁给他,这行不通。就是行不通。"她沮丧地说,"算了,我们边吃午饭边谈吧。我得去把饭盛出来。你自便吧。"

奈杰尔在房间里踱来踱去。这是一个学生的房间,一片凌乱,很没有人气,给人的印象是苏姬只是在这里露营,明天就要离开似的。她仅有的几件个人物品让他感到奇怪:壁炉架上的请柬中有一排放大的毕业照,一个装着贝壳的盒子,一双绿色的绒面皮鞋。

两人坐下来吃意大利饭和色拉时,奈杰尔问道:"现在给我说说你为什么不嫁给马克。"

"我不想再让他惹上任何麻烦了。他那讨厌的父亲会……"

"不要说这些有的没的,就直接告诉我你的真实想法。"

苏姬直视着他的眼睛:"我不爱他,还不够吗。"

"嗯,你自己最清楚。但我现在不会帮你寄信的。事实上,你退出不退出,马克的麻烦也已经够多了。但也许你不知道?"

"是的，我不知道。发生了什么事？"

奈杰尔把切斯特中毒的事情跟她讲述了一遍。

"噢，该死！那我就不能……"

"不，你能。我的意思是，不要因为他有了麻烦你就一定要跟着卷进去。怜悯不能代替爱，你应该知道这一点。"他说。

"现在是你太爱管事了。"

"我想再吃点这种美味的意大利饭。"

"好的。"她端庄地笑了笑，接过了他的盘子，"你吃得真快。"她回来时，胸部拂过他的肩膀。

他吃了一会儿，接着说道："对了，查尔斯告诉我，你和切斯特分手是因为他吓着了你。是这样吗？"

"噢，查尔斯！没那么严重。只是……切斯特确实和我约会过……"

"他是怎么吓到你的？"奈杰尔追问道。

女孩沉思着说："他什么也没做，什么也没说。他总是彬彬有礼。你看，他引起了我的兴趣。我觉得他和其他导师不同——不同于我见过的大多数男人。我认为他很有魅力，要是……"

"要是有个好女人把他的魅力挖掘出来就好了。"奈杰尔对她笑了。

"现在你在嘲笑我。他身上有一种——嗯，该死的——自傲的特质吸引了我。"

"那个著名的盒子对潘多拉也产生了同样的影响。"

"还有一些不一样的东西，他也没有真正的朋友。"苏姬皱起眉头，说，"你知道，我感觉他……很好，就像一辆加大马力的普通汽车，很难驾驭，特别容易失控，就会发生事故。我的意思是，有时我和他在一起时，我觉得我根本就不在他身边。而我……"她转过脸去，有点羞赧地说，"我不喜欢他做爱的方式：就好像我是某种机械玩偶，而他在阅读说明书。和他单独相处很难。"

"他从来没有把你介绍给他的朋友、同事吗？"

"嗯，我认为，他并不经常介绍。有两个是他的同事，我们见过他们一两次。一个叫安德烈耶夫斯基，而……"

"是的，我在聚会上见过他。你们分手时，切斯特有没有很难过，有没有大吵大闹？"

"'分手'这个词太夸张了。我只是稍微不跟他来往了。不管怎样，以他那种傲娇的小脾气来看，他那么矜持，不会闹事的。"

"然后马克就出现了？"他问。

"哦，在那之前，我们三个已经在一起玩了很长一段时间。切斯特和我分开后，马克没有立即和我在一起。马克是个非常体面的人，不会那么做的。但是当他成为我的指导老师后，我们自然要经常见面，然后就……我也有点不知所措，但和他在一起很有趣。"

"那么马克容易驾驭吗？"

苏姬怀疑地瞥了奈杰尔一眼："嗯，我不知道。他有时候会失控，突然爆发。你想啊，有时候，这让我很不舒服。就像一种表演，好像这一切都是从他脑袋里突然冒出来的。"

"那然后呢？"

"我怎么知道呢，你瞧，我其实根本搞不懂你们男人。比如说查尔斯·雷利,我从来没想过他会……那样。但是马克,你知道他那种古怪的笑容,还有他突然笑着大吼大叫的样子。你会觉得这真的是一个笑话,除了他自己外,他不跟任何人分享情感。有时候我在想,除了文学以外,他还有喜欢的东西吗?不过,他在这方面确实有很好的鉴赏力——这一点我得承认。"

奈杰尔强忍住微笑:"那他和你做爱的时候呢?"

她不可思议地看着他:"你问的问题太多了。要来点甜点吗?"

"给我拿个苹果吧。"

苏姬从旁边桌子上端来一盘水果:"这是加拿大产的。"

"是吗?太棒了。这些水果看起来像上过蜡的。太红了,都不像真的了。"

她拿起一个在袖子上擦了擦,递给了他:"克莱尔给你做饭吗?"

他很快笑了:"怎么啦?是的,做得非常好。不过,你是准备要告诉我有关马克的事情的。"

苏姬对他撅了撅嘴:"是吗?哦,好吧,如果我非说不可的话。让我想想,我认为他很温柔体贴。但是他总是……让我觉得他脑子里好像在想别的什么事。好像他应该向自己证明什么,又好像我是他必须通过的一种考验,而且万一他失败了,就不能完全让他自己完成任务似的。他话很多,但又好像什么都没说,我觉得他内心很压抑——他不肯让自己走出来。不是和女人在一起才感到压抑,至少和我在一起不会这样。"

"难道你们从来没有一起睡过?"

她脸红了，把头转了过去："没有。"

"也许是你让他害羞了。"

她转头看了看他："我让你感到害羞吗？"

"那是另一回事。"

两人之间产生了一种拘束感。她身体前倾过来，抓住他的手，打破了这种拘束。接着，她把他拉到沙发上，自己则蜷缩在他旁边的地板上，双臂交叉放在他的膝盖上。

"你什么时候回英国？"她问。

"我想下周吧。"

又是一阵沉默。

"我……我没打算把你从克莱尔身边抢走，我知道我做不到，但是……"她的声音越来越低，低到奈杰尔听不到后半句说的是什么。

"你说什么，苏姬？"

她抬起头注视着他的眼睛，目光中带着一种怯懦的决心："就一次，行吗？我在监狱里一直都想着你。你想要我吗？"

"亲爱的苏姬，你是打算让我也成为你的裙下之臣？就像是……"

"没有，没有。完全不一样，我厌倦了那些只想要母亲的男人。"

"就像约翰吗？"他问道。

"还有马克，在你看来，我不够漂亮吗？"

"你是个可爱的女孩，苏姬。"

她拱起背，然后又向他挺起胸脯："奈杰尔，亲爱的。让我忘记一切——除了你。就一次……"

说着，她就坐在他的大腿上了。哦，天哪，他叹了口气。她吻遍了他的全身。吻到之处，甜蜜的信息都在两人之间传递。

"为我脱衣服吧，"她脱口而出，紧接着又说，"不，等等，我会叫你的。"说完便起身走进卧室，片刻后，她叫他进去。

他走进卧室，她一丝不挂地躺在狭窄的床上，呼吸急促，头发散落在枕头上乱蓬蓬的，娇小的身体急切地颤抖着。

很快，她的指甲划过他的后背，而她则发出刺耳的叫喊声——声音越来越大，直到小房间似乎要爆炸了。她把两臂举过头顶，双手紧握成拳头，然后随着最后一次叫喊声的消逝，慢慢地张开双手，软绵绵地向两边摊开。她的身体松弛了，垮了下来，似乎在他身下融化了。

"哦，天哪，"她叹了口气，"哦，天哪，天哪。"

他们打了一会儿盹。然后她从他的肩膀上抬起头来："你最喜欢我什么？"

他严肃地考虑了这个问题，然后说："你从来没有用过'做爱'这个乏味的词。我喜欢你在跟我做爱之后不讨好我。或者说变得明显得意扬扬、沾沾自喜或有控制欲。"

"像大多数女人一样吗？"

"像某些女人一样。"

又是一阵沉默。她用手指像羽毛一样抚摸着他的肋骨："好了，你在想什么呢？"

"我想知道你是否真的了解约翰和约西亚·阿尔伯格——他们究竟是谁剽窃了对方的观点？"

"哦，奈杰尔，你一定要问吗？我真的不知道。我想一定是约西亚干的，不可能是约翰。他毕竟是学生，是什么让他敢于指控自己的老师呢？他一定是被约西亚激怒了，忍无可忍，才跟自己的导师撕破脸皮的……但我没有证据。"她俯身用灰色的眼睛怀疑地看着他，"你勾引我，不会就是为了让我在毫无防备的情况下招供什么吧？"

"不会，亲爱的苏姬，不会，我向你保证。"

她掀开床单，一只手在他身上来回抚摸着："我也在想一些事情。"

"你在想什么？"

"想你是不是会再要我一次。"

"现在你真是自讨苦吃了！"奈杰尔喊道。

"那就给我吧。"

……

奈杰尔往回走的时候，公共区对面小路上的那些路灯已经亮起来了。他感觉有点恍惚却没有后悔。当然苏姬也没有。和他吻别时，她就像棵圣诞树一样光彩照人，天真无邪。她还问他，是否愿意在卡伯特的最后几天里陪陪她。"我很乐意，"他说，"但我们可能会彼此迷恋对方。那是绝对不行的。"她接受了，冲他闪了闪眼睛："没关系，奈杰尔，我亲爱的。没事的。我现在就好了。别担心我。我感觉我现在就像……像达那厄[①]，沐浴过金雨之后的达那厄。哦，这不是讨好，是吧？"

[①] 希腊神话中，达那厄是被关在铜塔里的少女，宙斯趁她睡着时化为一阵金雨与她交欢。

他轻轻地抚摸着她的脸颊,接着两人说彼此永远不会忘记对方,永远不会。

奈杰尔继续缓慢地走着,一直来到爱默生大厦的 K 入口,在那里他琢磨了一会儿铭牌,看到了 S.安德烈耶夫斯基先生,接着又爬了一段楼梯。他在苏姬的公寓里通过电话安排了这场会面,这很符合她的爱好。安德烈耶夫斯基打开门,热情表示欢迎:这是一位严肃、不苟言笑的年轻人。他很有礼貌,没有马上问奈杰尔到访的原因。他先是询问了"我尊敬的同事切斯特·阿尔伯格"的健康状况,并热情地递烟上酒,接着还谈到了卡伯特队周六和耶鲁队比赛中的获胜机会以及他对伦敦的赞赏。

"安德烈耶夫斯基先生,你经常去伦敦吗?"奈杰尔问道。

"唉,我倒是希望经常去。除了一年前那一次外,我没有再去过英国——事实上差不多有十五个月了。不过,这一切对我来说都还历历在目,将来也会如此。"

奈杰尔发现,要想通过这番连珠炮似的发问接近自己的目标,是一件非常困难的事情。不知怎的,他觉得提出这个奇怪要求就像是在问福纳姆和梅森的地板工人的内裤是什么颜色。

"我想,你非常了解阿尔伯格一家吧?"他顺势问道。

"嗯,关于切斯特你当然可以这样说。我们一起上过大学,发现彼此非常投缘。当然,我们最初是在圣保罗预备学校认识的,但实际上我在那里并不常见到他,他在另一个班。不过,我还记得,在期末演出莎士比亚的喜剧《第十二夜》时,我们被分配了塞巴斯蒂安和维奥拉的角色。"

"那马克·阿尔伯格呢?"奈杰尔打断了他的回忆。

"嗯,我是在卡伯特大学当老师后,通过他哥哥认识的他。"

"他是一个好人。"

安德烈耶夫斯基思忖一番才回答:"嗯,是的。也就是说,据我所知,他是个很受人欢迎的教师。"

"不过,你还有什么要说的吗?"

"嗯,坦白说,与他交谈时,我发现他对我研究领域的立场有一点……我该怎么说呢?……有点轻视。毕竟他有个那样的父亲,我想他会更加敏锐地认识到今天所有的商业和工业关系的重要性。"

"你觉得他是纸上谈兵了?"奈杰尔问。

"确切地说,我不是那个意思。我非常尊重那些在文化领域杰出人士所取得的成就。正是在更广泛的当代问题的背景下,我发现马克的观点有些局限。"

"我明白你的意思了。"

"除此之外,"安德烈耶夫斯基接着说道,"他不太可靠。切斯特有时会觉得他有点让人难堪。某种程度上,这是缺乏成熟和负责任态度的表现。"

"不是一个好公民?"

"我想你已经说到点子上了,斯特雷奇威先生。"这位主人令人惊讶地点头表示同意,"但我希望霍桑学院发生的这些最不幸的事件能使马克……"

"成长？"

"没错儿。"

奈杰尔喝了一大口波旁威士忌。"你可能听说过，"他一边说着，一边根据安德烈耶夫斯基沉重的语调调整了自己的语气，"我是以爱德华兹院长顾问的身份来处理这些不幸事情的。"

"切斯特已经告诉我了。"

"我今晚就是为了这个问题才来见你的。"

"啊，是的，我明白了。但我不知道有什么可以帮上你的。"

奈杰尔再也无法保持这种缓慢的节奏了，单刀直入地说："我想看一下你的护照。"

"我的护照？"安德烈耶夫斯基摘下他的牛角边框眼镜，似乎是要更好地考虑这一非同寻常的要求。

"是的，如果你愿意的话。"

"但这……我的意思是……怎么可能？"这位教师的固定程式被打破了。

"我不能随意透露我提这个要求的原因。"奈杰尔明白地说道，"我只能向你保证它和这个案子有关联。"

"那好吧，当然可以。我当然不反对。"他开始在办公室一个堆满纸张的抽屉里翻腾起来，"我想它就在这里。我刚才说了，我已经很长时间没有机会用它了。啊哈，找到了。"

他把护照递给了奈杰尔，奈杰尔屏住呼吸翻着内页，指着一页说道："你看这里！"

他瞥了一眼，说："有什么问题吗，我是去过英国。"

"没错。但上面有两个日期戳。"

"两个？那是不可能的。我只去过那里一次。"安德烈耶夫斯基再次戴上眼镜，以便更仔细地检查这本护照。很快他的眼睛就惊讶地瞪大了："是的！天哪，还就在三个星期前！我不明白这是咋回事儿。我真的不明白。"

"仔细想想，你的护照有没有借给过别人？"

"这东西能借吗？当然没有，护照借给别人也没法用啊。"

"那么，在过去一个月里，你的护照一直放在抽屉里吗？"

"应该是吧。这个抽屉是专门放一些不常用的文件和证件的，比如说我的遗嘱、荣誉证书、出生证明，以及诸如此类的东西。"

"我想你的一些朋友应该知道你的这个抽屉吧？"

"我的朋友？可能吧。我不敢肯定，但这是有可能的。"

"你还记得他们当中有谁看过这个吗？"

这位老师冥思苦想了一番："这个谁记得啊……不，不，我想起来了，有一天晚上切斯特、马克和其他一些人来过这里，好像是今年的四月份。当时我们讨论护照照片，马克让我把护照拿给他看的。他们总是这样的，还笑话我护照照片拍得很丑，但仅此而已。"

"切斯特感兴趣吗？"

"印象中，他并没有表现得很感兴趣。"

奈杰尔站了起来："嗯，非常感谢。你这个抽屉有锁吗？"

"哦，当然有。不过，我经常忘记锁上。"

"好吧,把护照放回去吧,记得上锁,钥匙也请收好。"

安德烈耶夫斯基遵照奈杰尔的要求锁上抽屉:"我很想知道,你为什么对这个感兴趣。你能告诉我这是怎么回事吗?"

"这简直就是联邦一号证物。"

"真是这样吗?"他满脸兴趣,而随着好奇心的上升,他的语言也就不那么故弄玄虚了,"你的意思是说……有人拿了我的护照去用了?但这怎么可能呢?海关肯定会认出来的,除非长得一样——或者伪造照片?"

"或者把自己伪装成照片上的人,这样的操作其实并不复杂。"

"但他到底为什么这么干呢?难道他自己没有护照吗?如果他不能申请护照的话,那就不要出国好啦,除非他必须要出国。"

"他当然是必须要出国。"奈杰尔意味深长地说。

"可那人会是谁呢?"安德烈耶夫斯基问道。

"现在还不能说,我很快就会知道了,我得走了。"说完,奈杰尔离开了。

回到霍桑后,奈杰尔给布雷迪警督打了电话,却被告知他今晚不在镇上——也可能两个晚上都不在。

"他给我留什么话了吗?"

"是的。他让我告诉你,他在追踪一条新线索。我想,这会儿他已经找到一个确凿的证据来结这个案子了。"

"哪个案子?"

"马克·阿尔伯格的案子呗,还能有谁?"

奈杰尔把纸和碳粉放进打字机，脱下夹克，开始工作。他还没搞完第一页，就开始打瞌睡，接着就睡着了。一阵响亮的敲门声把他吵醒了。开门一看，是查尔斯·雷利，他匆匆地从奈杰尔身边走过，漫不经心地瞥了一眼打字机，然后一屁股坐在屋里最好的一把扶手椅上。

"我不知道你还是位作家呢。"

"我是在写信。"奈杰尔解释道。

"你一整天都去哪儿了？我到处找你。"

"我已经无聊到了极点，但我发现了一个大宝藏。在此之前，我被引诱了。"

"你都在说些什么？好吧，希望这能让你成为一个更好的人。你要知道，我有时怀疑你到底是不是人类。"

"你想要什么，查尔斯？"

"先来一杯喝的吧。"

"你喝一杯，然后我去睡觉。"

"说什么呢！你不是刚从床上起来吗？没错，你既不正派，也没有毅力。告诉我，小伙子，那个引诱你的女巫是谁？"

"少管闲事，你这个好色的老家伙！给你，喝光它。现在，你到底想要干什么？"

"我只是想告诉你，今天下午我给可怜的老切斯特打了电话，和他愉快地聊了一会儿。很高兴，他好多了，医生说一两天内就可以出院，他现在身体非常健康。哎呀，我告诉他，我周六要带你去看耶鲁大学队的比赛，结果他说他也要去。没错儿，把他和橄榄球联系起来的确奇怪，可他说自己有一张票，不过他的座位和我们的座位离得很远。"

"你把我叫醒就为了告诉我这个？"奈杰尔愤怒地质问道。

"啊，好吧，别着急，我马上就谈到关键问题了。切斯特还说，他想见他的弟弟，或者至少和他谈谈。所以我就去找马克，但我根本找不到他。最后一次见到他是在中午的研讨会上，看来他取消了一场讲座和其他一些约会，但他甚至都没有通知院长。现在院长对此很是担心。"

"失踪了？"奈杰尔咕哝着。

"可他怎么就这样失踪了呢？难道警察没有一直监视他吗？"

"我也以为警察一直监视着他。"

第十四章

摊牌

由于种种原因,奈杰尔直到周五晚上才写完信,因为那天他接了一个电话并开展了一次谈话,需要补充一些内容。他从打字机上取出最后一页纸和复写本,放在那两堆纸上,并拿起最上面那张开始读了起来:

亲爱的阿尔伯格,该是告诉你一些事实的时候了。当然,其中的大多数内容你都知道:有些你可能已经猜到了,但还有一些会让你感到不快和震惊。

谋杀约西亚·阿尔伯格、那些恶作剧和洗涤液小插曲，这些所有的花样操作，都是一个人所为，那个人就是你。

你的动机是什么呢？对约西亚的敌意，可能出自以下几个原因：对金钱的贪婪（或需要），或者害怕某种事情暴露。

我越是想到最初的罪行和其他罪责，就越相信这是一个非常聪明、非常天真、非常幸运之人的杰作。它们就像是由某些专业人士在纸上精心策划的一场模拟赛事，裁判和观众会看到运动员的摔倒和受伤，而策划者只关心地图跑位、时间计划和胜负比率。

简单地说，你对现实里发生的一切已经没有感觉了。更直白地说，你疯了。

但这又是一种经过极其缜密策划的疯狂。你不仅策划了你的进攻路线，而且还策划了你的撤退方式。但正是你的这种疯狂，让你在最后的一击上退却了。

你也是一名学者，这就是你把一切复杂化的原因所在。例如，在你的安排下，你的兄弟连同约翰·泰特都受到了怀疑，这就是你精密计划中的败笔。

当你得知约西亚死亡的"新闻"时，你非常生气，因为"没有人早点告诉你"。你周四晚上知道约西亚中枪身亡，但直到五天后你才被告知这是一起谋杀案，你也不知道约翰·泰特会把尸体藏起来。如果不是你干的，你是怎么提前得知约西亚是被谋杀的呢？

我是今天和马克谈话时才发现你这种糟糕反应的。他一直在偷偷地去探望你们的父亲，告诉他关于四氯化碳事件的真相，然后他听到了一种更邪恶的解释。

我不是一个吹毛求疵的人，但我蔑视你一次又一次地用令人厌恶的狡猾手段，用糖衣毒药试图毒害我们的思想，以此来陷害马克。尽管苏姬因为他离开了你，我也认为你并不恨他，你对他的态度里，狂妄自大的感觉胜过了仇恨。马克正好挡住了你的道，约西亚也是。你觊觎你父亲的全部财产（你是打算随后也把马克干掉呢，还是说你会像他那样抱着"可以等一等"的想法呢？）。

你如此野心勃勃、缺乏幽默感，在你那张荒谬的纸上计划的是如何利用所有的金钱和权力。我对你的这一切了解都是你自己透露给我的，你还记得吗？就在那次去康科德旅行的途中，当时你还表达了一些比你的计划更致命的东西。

我用了"来回穿梭的哀悼者"这个词。你会觉得很奇怪，因为在你的脑海里，这个词让你联想到了往返穿梭纽约的航班，而这也让我一下子想通了你那完美的不在场证明还是有破绽的。

当然，只有狂妄自大的人才敢这么做。这需要多好的运气啊，想象一下，如何在抵达伦敦后飞回纽约再飞回这里，如何枪杀了你的哥哥，并及时返回伦敦参加你的第一次会议。你有没有想过，在整个过程中，任何一个环节都是可能出现问题的，你的心思如此缜密，不可能想不到这一点。但你那疯狂的自信让你忽视了这些潜在的危险。

但你必须使用安德烈耶夫斯基的护照才能进行秘密旅行，毕竟你只需要一副假胡子就可以假装是他本人了。你和他不是曾经扮演过一次塞巴斯蒂安和维奥拉吗？但护照上有你当天往返伦敦的英国当局盖章，这是唯一的破绽。正因如此，布雷迪警督刚刚告诉我，两家不同航空公司的乘客名单上都有安德烈耶夫斯基的名字，其中一家是周四早上飞往纽约的，而另一家是在午夜返回伦敦的。

我敢肯定，那把手枪是从卡伯特桥上扔到河里的。重要的是，这里布置了这么多警力，它却永远都不会被发现。在你枪击约西亚的那天晚上，你给了马克一张约西亚的"亲笔"便条，这样在你杀人之后，就会有一个"嫌疑犯"自动出现在犯罪现场了。我相信你并未安排约西亚和约翰·泰特面谈，以你哥哥的性格根本就不会同意，所以你只是告诉苏姬你已经安排好了会面的事，反正死人是不会提出异议的。于是，另一个"嫌疑犯"也会在恰当的时间出现在现场。

但如果约西亚没有像往常一样在办公室工作，你会怎么做呢？去他家杀了他？取消行动？我们永远不会知道，除非你自己说出你的全盘计划。像你这样的人，在你真正下手之前，是永远不会盲目出手的，你总会给自己留有回旋的余地。

这让我想到了那些恶作剧，它们会在两方面起作用。如果他们把矛头指向马克，就会让他的声誉受损，这样你的父亲极可能取消他的继承权。如果最坏的情况发生了，你露馅了，被指控谋杀，那么你会承认恶作剧是自导自演。那些恶作剧的作用就是，让你的辩护律师给你做出这样的辩护：只有一个精神错乱的大脑才会对它的主人搞恶作剧，切斯特疯了，一个疯子杀人是不需要接受审判的。

不过，我最感兴趣的是这些恶作剧对你性格的影响。大厅外的那张标语让你出尽了洋相。只有一个偏执狂才会愿意在公众面前把自己变成一个被嘲笑的对象。但你并不介意——尽管你表现出一副愤怒的样子。你不屑于这些微不足道的羞辱,而是坚守着你所珍视的目标,坚守对自己拥有权力的秘密认知以及你所瞄准的更大权力。

有人认为你微不足道,甚至无足轻重的时候,那就太可笑了。

然而,随着时间的推移,马克并没有被捕,你不得不助推一下。你实施了一项后备计划。你读过四氯化碳功效的文章,所以你举行了那场聚会,为计划的实施创造了必要的条件。你喝多了,顺理成章地建议马克安排清咖,然后巧妙地把咖啡洒在自己身上,托盘在马克手上,而他就站在你的面前,没有人会怀疑咖啡不是他洒的。计划很顺利,你的夹克被洗涤液充分地浸泡了,如你所愿散发了那种气体。

这一切都是为了证明马克要谋杀你。事实上这是你冒的又一次险,因为你不能确定事情是否会完全按照你预设的路线进展。但你了解你的弟弟,你了解他的脾气,这次并没有让你失望。

不过,你拿自己的生命去冒险是多么可怕啊!不是吗?在聚会上,你那无辜的脸上无疑流露出绝望的表情。但是,像往常一样,你自己安排了一次脱身办法。你已经发现异丙嗪——就是非那更片剂——可以化解四氯化碳的毒性。聚会前你就服用了一些片剂,所以你根本不会有生命危险。只是你应该把那瓶药片藏得更隐蔽些,当然了,从正常的思维逻辑来推理,塞在满是药品的柜子里其实是最安全的,那瓶药单独在别处被发现才是欲盖弥彰。

为了确保对马克的构陷成立,你前期还有一次铺垫,就是那本杂志。这一次，你有意识地不把四氯化碳的证据（那本医学杂志）留在他的房间里，就像你放那本《花花公子》杂志一样，而是把它放进你的柜子里，暗示是他栽赃给你的。

你差一点就成功了，看到这里你一定很恼火，对，你没有骗过我。但布雷迪确实上当了，他已经怀疑你弟弟是凶手，甚至可能会逮捕他。

你知道梅·爱德华兹怎么称呼你吗？"有条理的人"。有趣的是，我在这里遇到的每个人几乎都以一种幽默、宽容、体谅的方式对待你，谈论你，对你往往都有一种带有内疚感的蔑视态度。只有马克似乎真的关心你，对他来说，你们血浓于水。但是你则沉溺于你的被害妄想，丝毫没有注意到他对你的爱，以及他对你的保护。在你眼中他只是一个挡了你的道的人。你自己已经快没有人性了，又怎么能理解人类的情感呢？

有时你也有一点人类的情绪，当你听说约翰·泰特被捕，后来又听说他姐姐已经"招供"时，你变得非常愤怒。但是，唉，这并不是一种无私的情感，因为你的计划出了岔子，所以才大发雷霆。因为你想除掉的不是他们，而是那个阻碍你获得父亲全部财产的马克。

所以我们这里就搞清楚了：一个卑鄙的阴谋和一个卑鄙的杀人犯。你这个疯子的运气终于耗尽了。

你打算怎么办？你可以开枪自杀，但你却缺乏先见之明，把枪扔进河里了。你也可以向布雷迪坦白整件事情，或者你还可以把自己伪装成一个"疯子"。我不知道该给你什么建议了。

你没有多少时间做决定了。布雷迪警督明天早上就会收到这封信的复印件。到时候他就会洞察一切，立刻下令逮捕你，到那个时候，就算是你父亲出面也救不了你。

谨上，奈杰尔·斯特雷奇威

奈杰尔把信装进信封，然后来到卡伯特医院。有人告诉他，切斯特·阿尔伯格已经康复。不过，由于一些最终的健康检查安排在下午完成，他要到明天早上才能出院。奈杰尔说他有一封信要亲自交给切斯特，这才被领到了二楼。

在护理员的小房间里，一个便衣警察坐在那里打呵欠。门敞开着，这样他就可以全面观察切斯特的房门。奈杰尔问他，什么时候有人来接班。

"晚上9点，还有两三个小时。"

"我这儿有一封信给阿尔伯格先生。你能马上把它交给他吗？"

"没问题。"

"你下班前要回警局吗？"

"当然。"

"这还有一封信，烦请你转交给布雷迪警督可以吗？放在他的桌子上，确保他一上班就能看到。"奈杰尔递上那封信的复印件，信封上印着"紧急"字样。

"先生，为什么你自己不亲自把这个交给阿尔伯格呢？"警察举起另一封信问道，"你可以随便进。"

"他会拉着我一直聊天的，我得赶时间。"

"好吧，谨遵钧命。"警察挖苦地说。

"切记，如果明天早上阿尔伯格先生出院之前，你还没有收到警督的消息，你必须盯着阿尔伯格，必须紧紧地抓住他的尾巴。这是头等大事。"

"盯住他？为什么？我想我们是来保护这家伙的吧。"

"没错，你们的任务是确保他的安全。"

"盯住他干什么？难道他刚走出卡伯特医院的大门，就会有一辆车冲过来撞死他？"

奈杰尔咧嘴一笑："不不不，警官，那倒是不至于，这是个守法的城市。但无论他走到哪里，都必须有人跟着他。就像……"奈杰尔引用了一句当地俗语，"就像狼跟着一个身材丰满的女人。"

"你这么说，我有点明白了。"

在返回霍桑学院的路上，奈杰尔心想：布雷迪亲自去纽约查看乘客名单，并与目击者交谈，这事虽然正常，却令人讨厌，更别提和老阿尔伯格先生之间棘手的面谈了。当然，最好还是让切斯特留在医院里，直到有关他的案子的每一个细节都搞清楚。但这只能通过布雷迪取得医院部门的信任才能实现，而现阶段他并不愿意这样做。

奈杰尔离开医院后，来到马克·阿尔伯格那里，见到他就没头没脑地问道："马克，你明天有什么安排吗？"

"明天？为什么问这个？哦，我早上要见两个学生，然后还要看一场球赛。"

"恐怕你都参加不了了，"奈杰尔说道，"你得出去度假，一大早就出发。"

"奈杰尔！你疯了吗？"

"我听说你哥哥明天早上就要出院了，我不能再让任何人暴露在风险之下。"

马克的一脸困惑很快消失，换成了一副聪慧而悲伤的表情："哦，我明白了。你知道的，我很担心。奈杰尔，你确定你是对的吗？"

奈杰尔点了点头。

"哦，天哪！可怜的老切斯特。"

第十五章

冲冲冲！

那天晚上，切斯特·阿尔伯格有好几个钟头感觉自己的大脑在缓慢地、轻微地萎缩和僵化，直至它变成一个小而锋利的尖头刀片。他第一次读到这封信时，奈杰尔极具讽刺性的蔑视口吻使他浑身发抖。他把信撕了，把每一页都撕得粉碎，仿佛毁掉它就会使过去和信中所说的一切都化为乌有似的。但这是不可能的，撕碎的一切随时再次聚集在一起向他袭来，无处躲避。

无处躲避只能负隅顽抗，或者反戈一击——但要承受巨大的精神痛苦。现在他面前的头号挡路人是奈杰尔·斯特雷奇威了，这个曾经引导他暴露本心，现在又背叛了他的人。马克已经不再重要了，此时此刻切斯特头颅中那个小而锋利的尖刀片指向了奈杰尔·斯特雷奇威。"疯子""没有人性""野心勃勃""微不足道""无足轻重"……信中这些词让他怒火中烧，也在这一刻让他确立了下一个目标。"我恨你。不管你说什么。我恨你，"他嘟囔着，"你竟敢那样跟我说话，你会后悔的。"

我不是疯子，他想，不过，我可以像哈姆雷特那样，装成一个疯子。既然如此，不妨表现得更疯狂些，反正一个疯子杀人是不用接受审判的。

他的大脑已经断片了，就像一张沟槽损坏的唱片，卡在一些只言片语之中：我神志清醒我神志清醒我神志清醒我神志清醒……他向前推了推唱针——我要教训他我要教训他我要教训他……

约西亚的脸突然在他的脑海中闪现，面孔喷火一般通红，就像那个周四晚上一样："你究竟在这里干什么？我还以为你在英国呢！"他总是这样的语气，命令我，质疑我的一举一动，好像我还是个孩子。自命不凡、横行霸道、迂腐不堪的狗杂种！

只拥有权力是不够的，必须得有人看到他有权力，并且承认他有权力。扳机上的手指拥有绝对的力量，但它不为人知。一场爆炸，一个像性高潮似的永恒瞬间，能夺走生命，而不是给予生命，这是黑暗的盛大表演。在光天化日之下，当着成千上万人的面杀人——那将是最伟大的高潮巅峰。

……

此时此刻，切斯特已经离开医院，坐在自己温暖的房间里。他看起来很健康，神智正常，心里却揣摩着他那庞大、疯狂的计划。整整一夜，他的脑海不断地盘算着如何安排时间和地点，计划精细到桌子上物品摆放的位置和顺序——桌上一直摆着一把匕首，那是三年前从意大利带回来的纪念品。万事俱备，只欠东风了，东风会来吗？今天一大早，他就离开了病房，向护士长、护士以及住院医生致谢道别，没有人阻止他出院回到霍桑。9点30分，他回到自己的房间，给马克打了个电话，没有人接。他知道，尾随他回来、并守在他门外的那个便衣随时可能接到布雷迪的通知，把他困在屋内，等待大批警察上门。毫无疑问，那家伙就在门外，或者正在门口晃悠呢。

切斯特竖起耳朵听着外面的声音，仔细分辨着是否有警笛声远远传来。现在一切都取决于时机和运气。嗯，有人告诉他，他非常幸运，但那是一种嘲讽，一种妒忌的心态，只是不愿承认他的大脑具有令人敬畏的力量罢了。他感到异常轻快、明亮和冰冷，就像窗外的天气一样，真是个打比赛的好天气呢。

一个小时又过去了。他们在等什么呢？切斯特开始感到不安。他穿上黑色大衣，戴着黑色小山羊皮手套，把软呢帽放在旁边的桌子上。还要等多久呢？这是不是他们在耍什么把戏，想要让他精神崩溃？或许布雷迪还没收到斯特雷奇威的那封信？愚蠢的混蛋，就让他这样干等着！切斯特让他内心的另一个自我控制和支配着自己——向它服从，就像一个女人服从于情人，或者就像一个运动员服从于他的教练。

快到中午的时候，他终于听到了警车的警笛声。他站起身来，戴上软呢帽子,把匕首揣进左边袖子里,轻轻地打开了门。外面没有人。身后的门锁咔嗒一声合上了。他的橡胶底鞋踩在石阶上并没有发出声音。他在第一个转弯处向下看了看。入口处有一个宽大的后背,正向左朝大门方向看。切斯特从左袖子里拔出匕首。他看不见增援的警察,但他们现在肯定正穿过院子,因为那个便衣男子正和他们打招呼,从大门口的台阶走下去迎接他们。就在他下台阶的时候,切斯特悄悄地走下楼梯,向右转,继续往下走,下了另一段楼梯,进了地下室的通道。

他甚至能听到身后有个声音在说:"嗨,伙计们!他还在上面,一直在他的房间里。"

切斯特沿着地下通道大步走着,这会儿他已经将匕首装进了口袋。

"很高兴看到你回来,阿尔伯格先生,"一名学生迎面走来,跟他礼貌地打招呼,说道,"我听说你生病了,希望你感觉好些了。"

"谢谢你,彼得。我感觉很好。"

切斯特又爬上楼梯,来到学院的一个侧门,从外面的看台上推了一辆自行车,从容地骑着走了。除了刚才那名学生,他没有碰到任何人。谁说他的好运气已经耗尽了?

……

苏姬·泰特坐在靠窗的桌子旁。她面前放着几张纸,上面写满了她那潦草的笔迹。在奈杰尔把艾米丽·狄金森从她的脑海中赶出去一两天后,她又开始写论文了。她感到无比幸福,没有一丝后悔,也没有因为奈杰尔在那一场金雨之后没有回到她身边而感到烦恼。因为现在对她来说,这是一次美妙的际遇,一次可爱的、不劳而获的、意想不到的惊喜。并不是说你没有为此付出过努力，我的姑娘，她暗自惬意地心想，但现在你必须回到自己的生活中来了。

然而，当她家的门铃响起时，她急切地跳了起来，她想：也许是奈杰尔改变主意了！

"哎呀，切斯特！"看到门口的人，她惊叫道。即便切斯特目前心境不佳，也注意到她的脸色在一瞬间变得很难看。

"你是在等马克吗？"他满怀希望地问道。

"哦，不，"她一脸疑惑地答道，"我……快进来，切斯特。你吓了我一跳。我不知道他们会让你这么快出院。"

"是的，我现在很好。我就想过来看看。"

"见到你太高兴了，"苏姬有点紧张地说道，"我来帮你挂外套？"

"不用了。我知道挂在哪儿。"他把外套挂在门厅的壁橱里，里面还有一件男人的外套，一件旧的粗花呢外套。他突然灵机一动，说道："苏姬，那件外套是约翰的吗？下午能借我穿一下吗？我要去看耶鲁大学的比赛，天气太冷，我的外套太薄了。"

"当然可以。"她喊道。

"非常感谢。"

"哦，你要喝点什么吗？"

切斯特悄悄把匕首放进粗花呢外套的一个口袋里，又从他的黑色外套的内口袋里掏出一顶羊毛巴拉克拉瓦盔式帽放进另一个口袋。

"干杯，"他举起酒杯说道，"你看起来不太一样了，苏姬。"

那是一张欲望得到满足的面容，她边想边像猫一样微笑着说道：

"你也是，切斯特。"

他怀疑地瞥了她一眼："自然，我生病了，还记得吗？"

"那你还要去看比赛吗？"

"这对我有好处，空气新鲜。你连一口给我吃的东西都没有，是吗？"

"哦，当然有，切斯特。"她想，这家伙越来越奇怪了，"我来弄点吃的东西，你自便吧。"

他放松地坐在这把椅子上。一切都很顺利，没有人会想到来这里找他。此时此刻镇上肯定到处都是警察，但是，只要他成功混进从卡伯特桥到体育场的人群中，就没人能发现他了。

这时电话铃响了，切斯特浑身发僵。苏姬十有八九会向打电话的人提到他在这儿，就算她不提，对方也很有可能会问到他。

"你能帮我接电话吗，切斯特？"她在厨房里喊道，"告诉他们，要是没有什么急事，我会再打回去的。"他拿起了话筒。

"喂？"他用低沉沙哑的声音说道，"……她现在很忙，我会转告她的。"

"是谁？"苏姬喊道。

"一个叫埃梅林的女孩，想提醒你星期天的事。"苏姬从厨房走出来，手里端着一个托盘，里面放着餐巾、餐刀和玻璃杯。

"大惊小怪。天哪，你出汗了，切斯特。这里很热吗？不过这里真的不热。你确定没事吗？我真的觉得你的身体状况还不适宜去看比赛。"

"哦，别大惊小怪的，苏姬。"

……

奈杰尔和查尔斯·雷利早早地出去吃午饭了，因此错过了因切斯特失踪所引发的骚动。布雷迪在 12 点 20 分到达，对着让切斯特从手掌心溜走的中士和他的小队大发雷霆，那个被派去盯着切斯特的便衣挨了一顿永生难忘的臭骂。布雷迪向该市警察总部发出了通报，很快卡伯特就布满了警察。霍桑学院的每个出口都被封锁了：每个进出的人都被问及今早是否见过切斯特·阿尔伯格。但直到下午 1 点左右，才有一个来吃午饭的学生彼得告诉他们，他是如何在地下室遇到这位老师的。彼得接受了询问，描述了切斯特奇怪的着装，还说他是在中午前后遇到他的。

切斯特就这样躲过了天罗地网。可以肯定的是，他是从学院的一个侧门出去的。短波收音机向所有巡逻车播报了这一消息。尽管如此，布雷迪还是让人把整个学院从上到下搜查了一遍，以确定是否有人藏匿于此。他自己则和院长一道立刻搜查了切斯特的房间，发现里面空无一人，没有找到房子主人的任何踪迹。

"你看少了什么东西吗？"布雷迪问。

"没有，我认为没少东西。不过，让我再想一想。嗯，哎呀，想起来了，他过去常在这张桌子上放一把匕首——看起来像一把又长又薄的裁纸刀——至少他过去经常放这里。"

"是吗？天哪！我们必须提醒他的弟弟注意安全了，快给他打电话。"

"你不必担心马克。奈杰尔让他今天一大早离开这里了。他去格洛斯特的一个表哥家了,只有奈杰尔和我知道他去了哪里。"

"很好。但无论如何,我现在还是要给格洛斯特警察局打电话。把这位表哥的姓名和地址告诉我。"

……

查尔斯和奈杰尔 1 点 50 分离开餐厅,开始向卡伯特桥和体育场走去。人们从四面八方涌了过来,随着人流慢慢地涌向比赛场地,人群变得越来越拥挤。

"到处都是该死的警察,"查尔斯说,"真是搞不懂。"

没有人注意到,几分钟之后,在一个岔路口涌出的拥挤人群中,有一个衣着略显臃肿的人。他头戴巴拉克拉瓦盔式帽,身穿破旧的粗花呢大衣,脖子和下半边脸上裹着一条大学生联谊会的围巾(也是在苏姬的柜子里捡到的)。他冷冷地盯着他的目标,目光如冰柱一般纯净、脆弱、尖锐。

……

这个巨大的人流稳步地移动着,经过兜售节目单、优惠券和花生的小贩,经过票贩子,经过大门外警惕的警察,像一股糖浆流过坚硬的草地,然后分成几股,每一股都从一个入口涌进体育场。奈杰尔和查尔斯在球场南端球门柱后的一段高高的水泥台上找到了他们的座位。看台上旗帜飘扬,空旷的田野上棋盘状的线条在阳光下闪着耀眼的白光,远处的草地看起来像人造的绿色天鹅绒一样光滑。在场边,杂技演员和拉拉队队员做着疯狂的滑稽动作为观众助兴,仿佛是为了缓解空气中积聚的紧张气氛。一个乐队正在演奏，一个狂热的支持者用号角吹着阵阵尖叫声，响彻天空。

"这样的比赛连女鼓手都没有吗？"奈杰尔一边抱怨，一边用望远镜扫视着场边。

"这是常春藤联盟橄榄球赛。他们把性和某些严肃活动分得很开。"

"我真的挺喜欢看她们在电视转播赛中蹦蹦跳跳的。"

"还不就是喜欢看那些白大腿？你真不嫌害臊！还有巧克力士兵制服的妞儿呢。"查尔斯笑着说，"这种狂欢的气氛下大家忍不住要盛装打扮，这也是伟大的美国梦的一部分。"

……

有一个人头上戴着巴拉克拉瓦盔式帽还裹着围巾，除了鼻子和眼睛什么也看不见，正悄悄地溜到两排以外的座位上。切斯特知道查尔斯·雷利不在他附近，但他知道他会坐在某个地方。在切斯特的房间里举办的聚会上，查尔斯提到他要邀请奈杰尔去看比赛，还说他的票是J区的最上面一排。切斯特庆幸自己过目不忘的本领，这条信息一直好好地保存在他脑子里。

……

风在场地里猛烈地刮着，无形中在体育场顶部盘旋，然后直往下吹。奈杰尔拿出他随身携带的酒瓶，递给查尔斯，然后自己喝了一口纯苏格兰威士忌。两支球队此刻出场了：蓝色的是耶鲁队，金色的是卡伯特队。在远处下方的场地上，他们看起来像是一群小矮人，或者孩子们想象中的火星人，他们戴着头盔，肩膀上的软垫厚得出奇。裹得严严实实的替补队员们坐在球场两侧的长凳上，看着教练们用夸张的手势比画着对他们训话。从状态上看，耶鲁队是今年秋季更有策略的球队，成功的概率也更大；卡伯特队的表现则不那么稳定，时而展现出非凡的天赋，时而又显得愚蠢无能。

官员们戴着赛马帽，穿着白色长裤，各就各位。寂静像一只巨大的手在体育场上方划过。耶鲁队开球了，一个长长的回旋球，耶鲁队的边锋紧随其后。卡伯特后卫用左肩笨拙地将球卸下，用假动作避开了右边锋，推进十码后陷入重围。观众发出一阵吼叫声。耶鲁队围成一团，边裁们很快拉开了距离，球被抛到他们的四分卫脚下，四分卫向后跳了五步，把一个鱼雷式的球传给了一个绕着对方球门跑动却只能用手指触球的中卫。如果他抓到了球，他就会跑开了。耶鲁队开场轰轰烈烈。但几分钟后，球队未能突破十码，卡伯特队获得控球权。坐在奈杰尔周围的卡伯特人都喊道："冲冲冲！"他们的球队顽强地向前推进了十五码，十码，再向前十码，直到第三次进攻失败，失去了控球权。

此后，对奈杰尔来说，这场比赛就像一个不断变化的万花筒，风暴和沉闷交替出现。蓝色和金色的边裁们像波浪和岩石一样碰撞着，撞击的冲击力更大，因为从上面看，这里是寂静的。暂停时，裁判员和他的助手像现场测量员一样拿着卷尺走过来，判断可疑的掷球距离。四分卫队员们准备传球时迈着轻快的舞步，那些准备拦截他们的对手被阻挡了，给他们腾出了足够的空间。一个高大的中卫，扑向对方防线，绕过一堆倒下的身体。教练们在场边咬着指甲。暂停换人时，替补队员奔向球场,其他球员小跑离开。中场休息时,乐队在草地上表演着复杂的动作。

……

切斯特·阿尔伯格看了看手表,还有不到五分钟。他站了起来,挤到自己看台的尽头,沿着过道往上走,然后走下通向体育场后面出口的台阶。这完全出于对时机的判断,而对于这种时机的判断,正如今天早上他的完美表演一样,他是一位当之无愧的大师。目标已经从他的脑海里来到眼前了,就在那里,隐约可见。当他绕过体育场的后面朝J区的入口处走去时,一阵暴风雨般的持续咆哮声空洞地传入他的耳朵里。

……

一小时前,布雷迪警督还守在院长房间的电话旁。他按照依西杰给他的名单给每个号码都拨了电话,询问切斯特的朋友或同事今天是否见过他。几乎没有人接电话,因为几乎卡伯特的每个人都在看橄榄球比赛。他终于把电话打到了苏姬·泰特那里,但仍然无人接听。

他厌恶地"砰"一声放下听筒,离开了书房。在大门口,他碰见一个女人急匆匆地进了学院。

"泰特小姐!我一直在找你。你今天有没有看到过切斯特·阿尔伯格?"

"哦,当然。他和我一起吃的午饭。你在找他吗?"

"那他还在吗?"

"没有,他去看橄榄球赛了。"

布雷迪惊讶得说不出话来,一个被追捕的杀人犯还能忙里偷闲去看橄榄球比赛:"你确定吗?"

"嗯,他说他会去的。他有一张票。他还借了约翰的一件旧粗花呢大衣,他说他自己那件不够厚实。"

"什么颜色?"

"有几分棕色,有点褪色了。但我不明白……"

"他在你家里换过别的衣服吗?"

"没有,他把他的软呢帽落在那儿了,帽子都没戴就出去了,他刚出院,这么冷的天……"

"他告诉你他的座位在哪一排了吗?"

"没有,警督。你要……"

但布雷迪这时已经朝着一名在人行道上骑摩托车等候的警察跑去了:"我们要找的人可能在大学体育场,穿着棕色粗花呢大衣,提醒所有人,快!"

那名警察发动引擎疾驰而去。布雷迪上了警车,车上有三个大块头在等他。"出发。"

……

还有两分钟。卡伯特队落后两分,但正处在耶鲁队的三十码线上。巨大的人群开始沸腾了。奈杰尔喝完剩余的苏格兰威士忌,将随身携带的扁酒瓶塞到屁股后面的裤兜里。三个十码进攻,球被抛给了卡伯特队的四分卫,他斜着往左冲,这时大前卫从他身后跑上来,向右转。这位四分卫莫名其妙地产生了一种视觉上的错觉,以为自己仍然拿着球。奈杰尔目光紧跟着这名球员，他猛地向前冲，接着被一个穿蓝色球衣的队员撞倒了，然后奈杰尔看到队伍正在向右转向。球被传给了大前卫，他差一点就要跑开了，还有三十码的距离。

……

切斯特·阿尔伯格站在 J 区过道的顶端，一只戴着黑手套的手抓着口袋里的匕首柄。在比他低三层的过道旁边的一个座位上，他认出了奈杰尔的花白头发。他扫了一眼运动场，他的耳朵已经听不见下面越来越响的声音了。他慢慢地走下台阶，向他的目标靠近。

……

这名大块头中卫在自己队员的掩护下大步前进。他进行了一次令人绝望的抢断，接着突然加速，绕过了耶鲁队的后卫，像其他卡伯特人一样。查尔斯和奈杰尔跳起来，看着这名中卫越过终点线。就在奈杰尔跳起的瞬间，他感觉右腰下方好像被马腿踢了一下。就在匕首向他背上刺过来的刹那间，他跳了起来。切斯特的匕首狠狠地扎中了奈杰尔臀部裤兜里的扁酒瓶，切斯特只感觉右手一麻，匕首从他手里滑落在地。

奈杰尔猛地转过身来查看，却只看到一个人跳上台阶，消失在视线中。尽管那个人影一闪而过，但他知道一定是切斯特。奈杰尔捡起地上的匕首，奋力冲向出口，蹬蹬蹬地跑下台阶。在体育场后门外，他左右张望了一番，切斯特已经消失了。

……

切斯特绕着体育场的弯道跑了一圈后，爬上通向他自己看台区的楼梯，出现在阳光下。此时每个人都跳下台阶，涌向球场，他必须让自己融入那样的人潮中。他只要混在人潮里，就可以让人无法追踪。他之前是一个冷血的猎手，此刻却是一只疲于奔命的猎物。在这个巨大的欢呼声、聊天声、笑声和拥挤的人群中，他越发感到刻骨的孤独。然而他不得不躲在人群中，寻找人群最密集的地方，人们在那里簇拥着比赛中的英雄们。他任由自己在人群的漩涡中被推来搡去，就像急流中的稻草一样旋转、颠簸。

切斯特已经摆脱了过去几分钟，甚至几周的重负。对他来说，那只是一个快速消逝的梦的记忆。他生活在当下，生活在这熙熙攘攘的人群中，除了眼前的新目标之外，他对一切都视而不见。他必须尽快离开这里，到纽约去，到他父亲那里，到亚伯拉罕怀抱的庇护所去。

"嗨，阿尔伯格先生，一开始我没认出你。哦，天哪，多好的一天啊！"是他的两个学生和他们的女友，他们笑吟吟地跟他打招呼。

"你在排队等着参加游行吗？"

"我想是的。"

这一小群人被人流卷走了。切斯特又把围巾拉到嘴上。他没想到警察会马上到这里来找他，直到那个叫斯特雷奇威的卑鄙家伙给他们发出警报。但是外面肯定戒严了：公共汽车站、火车站、机场现在应该都被监视了。他陷入了恐慌之中，就像被注射了某种麻醉剂一般，他的大脑和四肢都不听使唤了。他要挣脱这种影响，第一件事就是离开体育场，而他的学生们已经教他怎么做了。于是，切斯特低着头，慢慢地朝球场的另一头走去。

……

卡伯特乐队正在集合，按照他们的习惯，如果在球场上赢得了胜利，他们就会演奏大学歌曲，带着游行队伍穿过城镇的街道。任何试图通过这个示威游行队伍的司机都不可避免地会被挤在里面，因为欢呼雀跃的人群从一条人行道挤到另一条人行道，会导致整个城市暂时的交通拥堵。当乐队领队举起他的指挥棒，抓着它挥舞的时候，一些观众已经涌向体育场外的四个大门，音乐和示威游行开始了。按照传统，乐队也好游行队伍也好都是乱糟糟的，而且队伍越朝前走，情况就越糟糕。例如，途中他们的服装和帽子会被换来换去。因此，当切斯特从旁边一个人的头上抢过一顶橄榄球头盔，套在自己头上，并用口罩遮住他的下半边脸时，没有任何人感到意外。

大门口有点儿拥堵，但是乐队被身后一大群唱着歌的卡伯特人推着向前，挤进前面的一小群人当中，然后又被推着冲过大门外的警察队伍。就在乐队到达之前，切斯特从他旁边的乐手手中夺下一个长号，掀起头盔的防护罩，嘴对着乐器就吹了起来。

"嘿，伙计，那是我的！"长号的主人咧嘴笑着说道，然后就把长号抢了回去。不过，还没等那五名警察被人流挤回来，他们已经走到大路上了。

成群结队的支持者追上了乐队，此刻已经将这一列人夹在了队伍的中间。在他们身后，成千上万的人挤在一起，形成了一只三百码长的攻城槌，而乐队就是它的撞击端。

"永远的卡伯特！冲冲冲！"人群大声唱道。小号和长号嘟嘟响，大鼓声轰鸣，铜鼓叮当响，横笛和短笛像一群椋鸟一样尖叫着。

在混乱人群的掩护之下，切斯特跟在乐队旁边慢慢地向前移动，盘算着他的下一步行动。他会一直跟着队伍走到大学主要建筑这一侧的广场。然后，他再从游行队伍中挣脱出来，钻进一辆出租车。人群那时可能已经稀疏一点，但只要出租车一开动，他就会告诉司机带他去哪里。所有的本地站点都已经在警方的监控之下了。恐慌突然像上涨的潮水一样冲上了他的防线。他应该自己开车去六英里外的玛莎小镇，在那里，他可以从一个认识的汽车修理厂老板手里租一辆车，然后自己开车向南三十英里到马诺萨，那里有一个火车站和一条通往纽约的干线。

想到这里，切斯特松了一口气。他又一次抢在他们前面了。今晚他就会到达纽约，在他爸爸的庇护之下。到了纽约就安全了。一滴眼泪从防护罩下的脸颊上滑落下来。他那干净的脸上——应该能看出什么，但是没有人在看他——开始抽动了，就像小时候那样，他强忍着眼泪。爸爸会保护我的，我是他的儿子，他会理解的，他不会允许这帮人夺走我生命的。

大部队接近卡伯特桥，刚刚上了桥，接着就慢了下来。在十字路口，司机们被人流拦住，愤怒地鸣着笛。游行队伍的前端遭遇了一排警察，在桥的近端被分流通过，就像一条小溪必须劈开才能流过一排踏脚石一样，必须从他们身边缓缓地通行。警察正仔细盘查每一个经过的人。

切斯特个子不高，等他看到警察的时候，离他们只有几码远了。他这时停了下来，眼睛朝两边瞟了瞟。但是后面的人群无情地推着他往前走。切斯特闭上眼睛，任由缓慢的人流带着他朝前走。当再次睁开眼睛时，他已经越过了警察的防线。

现在他又有了一种坚不可摧的感觉了。他们摸不着他——甚至看不见他，好像头盔、粗花呢大衣、黑手套都成了黑暗的掩护了。他回头看了看走在他旁边的一个学生和他的女友，对他们友好地笑了笑，那人也向他眨了眨眼。他们现在走到桥中间了。在他们前面，人群又分开了，分成了两股。通过道路中间留下的豁口，切斯特很快就看到了那个障碍物。

一辆警车停在桥的正对面，横着拦在街上，只留下左右两侧的人行道供行人通过。车的一头站着布雷迪警督，另一头站着奈杰尔·斯特雷奇威，中间还有一群穿制服的警察。

切斯特开始低声抱怨起来，仿佛有一股无形的力量压碎了他的心。他不明白为什么他对着奈杰尔刺了一刀，可对方却安然无恙，他手上的感觉明明刺中了骨头。"这不公平，"他抱怨着说，"不公平。"

那个欢天喜地、乱作一团的人群在警车前缓慢地停了下来。每个人都要经过布雷迪或奈杰尔的严格审查才能被允许通过。切斯特看到检查得那么仔细，他意识到，轮到他接受检查时，他的隐形斗篷会被撕掉。他在那儿站了一会儿，绝望地僵住了。然后，他的胆量就像火炉里的冰柱一样消失得一干二净。突然，他转过身，弯着腰朝身后的人群里钻。有人大叫起来。布雷迪抬起头，瞥见了一件褪色的粗花呢大衣后背。"拦住那个人！"他大声喊道。警车上的扩音器响起了尖锐刺耳的警笛声。

人们就像畜栏里的一大群牛一般，不知所措地挤成一团。他们好奇地注视着这个就像是寻找洞穴的兔子一样在人群中窜来窜去的奇怪的小身影。没有人动手，但也没有人让路或者给他留个缺口，他们只是给那帮向逃犯挤过来的警察让道。切斯特呻吟着，觉得自己好像要穿过一片糖浆似的海洋，费力地越过一动不动的岩石。一只手搭在他的肩上了，绝望之下，他挣扎着要摆脱它，尽管发现自己已经被包围了，但他依旧考虑逃跑。

接下来，奈杰尔目睹了这样的一幕：这个奇怪的切斯特·阿尔伯格——穿着粗花呢外套，戴着黑手套和橄榄球头盔——爬上卡伯特桥的护栏，挣脱试图拦住他的双手，然后随着一声长长的疯狂尖叫，便纵身跳进了下方的河水中。

图书在版编目（CIP）数据

死后黎明／（英）尼古拉斯·布莱克著；刘苏周译
. -- 上海：上海文艺出版社，2023
（尼古拉斯·布莱克桂冠推理全集）
ISBN 978-7-5321-8715-7

Ⅰ. ①死… Ⅱ. ①尼… ②刘… Ⅲ. ①推理小说-英国-现代 Ⅳ. ① I561.45

中国国家版本馆CIP数据核字（2023）第042929号

死后黎明

著　　者：[英]尼古拉斯·布莱克
译　　者：刘苏周
责任编辑：孟文玉　陶云韫
装帧设计：周艳梅
版面制作：费红莲
责任督印：张　凯

出版：上海文艺出版社
出品：上海故事会文化传媒有限公司
　　　（201101上海市闵行区号景路159弄A座3楼www.storychina.cn）
发行：上海文艺出版社发行中心
　　　（上海市闵行区号景路159弄A座2楼206室）
印刷：上海中华印刷有限公司
开本：889毫米×1194毫米　1/32　印张8.375
版次：2023年5月第1版　2023年5月第1次印刷
ISBN：978-7-5321-8715-7/I.6865
定价：45.00元

版权所有·不准翻印

上海故事会文化传媒有限公司出品（01123）www.storychina.cn
想看更多精彩故事？
扫码下载故事会APP

上海故事会文化传媒有限公司所有图书可办理邮购，免收邮费（挂号除外）
汇款地址：上海市闵行区号景路159弄A座2楼206室（201101）
收款人：上海故事会文化传媒有限公司出版发行部
联系电话：021-53204159
如发现本书有质量问题，请与印刷厂质量科联系T：021-60829062